杏仁

아몬드

[韩] 孙元平———著

谢雅玉———译

民主与建设出版社

·北京·

致丹

아몬드

杏仁

目录

在我脑中有颗杏仁，

而你也有。

你最重视又或是

你最讨厌的某人也拥有这颗杏仁。

但谁都无法感受到它，

只是知道它的存在。

아몬드

杏仁

引子

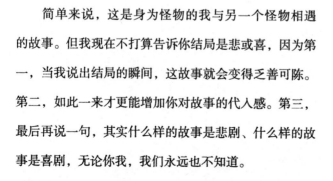

　　简单来说，这是身为怪物的我与另一个怪物相遇的故事。但我现在不打算告诉你结局是悲或喜，因为第一，当我说出结局的瞬间，这故事就会变得乏善可陈。第二，如此一来才更能增加你对故事的代入感。第三，最后再说一句，其实什么样的故事是悲剧、什么样的故事是喜剧，无论你我，我们永远也不知道。

1

那天，六死一伤。先是母亲还有外婆，再后来是挺身阻挡男子的大学生。接着是站在游行队伍最前头的两名五十多岁的男子和一名警察。最后，则是那名男子。他选择了自己作为他胡乱挥刀的最后一名对象。那名将刀深深刺入自己心脏的男子，跟其他牺牲者一样，在救护车赶到之前，就已死亡。而我，只是静静地看着这一切在我眼前发生。

一如往常，那样面无表情。

2

第一个事件发生在我六岁的时候。其实在更早之前就已经看出端倪，只是到了六岁，这件事才浮出水面，比母亲预想的时间晚了许多。是因为松懈了吗？那天母亲并没有来接我。后来我才知道，那天母亲去见了好久不见的爸爸，他们真的好几年没见。"从这一刻起，我要把你忘了。不是因为有新对象，而是要放下你了。"母亲边擦着灵骨塔里褪色的塔位，边这么说着。就这样，在母亲的爱情完全画上句号时，她却全然忘记了在他们不成熟爱情下诞生的不速之客——我。

孩子们都离开后，我也慢慢走出幼儿园。一个六岁孩子对自己家的位置会有多了解？其实也只是记得是在过了天桥后的某一处。走上天桥从栏杆往下看，下面的车子就好像装了滑板，飞快地行驶着。我突然想起不知道在哪里看过的画面，就在嘴里蓄满口水，对着下面经过的车子吐口水，但是吐出的口水还没碰到地面就消失在空气中。我一边观察这景象，一边不断重复这个动作，身体突然轻飘飘的，感到一阵眩晕。

"搞什么！脏死了。"

一抬头就看见路过的阿姨正瞪着我。她就像那些只朝自己目的地前进的车子，讲完那句话后就直接走了，留下我一个人。天桥往下的阶梯朝各处延伸，我却不知道该往哪里走。反正阶梯下的景色，不管是左边还是右边，都是一样冷冰冰的灰色。突然，几只鸽子扑簌簌地从我头上飞过，我往鸽子飞走的方向追去。

发现自己走错路时，已经离天桥很远了。那时，在幼儿园学过一首叫《向前走》的歌。就像歌词说的，地球是圆的，所以我就想，只要一直走下去，一定能回到家；于是便固执地迈着我笨拙又短小的步伐继续往前走。

大马路旁延伸出小巷子，巷子两旁又可看到许多老旧房子，感觉都没人住。摇摇欲倒的水泥墙上涂满了看不懂的红色文字，勉强看懂的就只有"空房"两个字。

突然远远听到一声"啊"。是"啊"，还是"呃"，又或是"啊啊啊"，已经不记得了，总之是个短促的叫声。我朝着声音来源走去，随着声音越来越近，叫声一下是"呃"，一下又变成"咿咿咿"。声音是从转角的巷子传来的，我立刻走了进去。

有个小孩倒在地上，是个看不出多大年纪的小男孩。一道道黑影疯狂地朝男孩身上袭去。有人在打他。那些短促的喊叫声不是来自男孩，而是那些围着他的影子用力发出的，他们不断地用脚踹他，还吐口水。后来我才知道他们只不过是高中生，但那时映照在我眼睛里的影子，就像大人的一般巨大。

男孩好像已经被打了很久，不仅无法反抗，连声音都发不出来。只是像个布偶，被人丢来丢去。其中一人像是做个了结似的，踢了男孩的侧腹，之后那些人就离开了。男孩就像被泼洒了红色颜料，全身染满了鲜血。我朝他走去，看起来年纪好像比我大，十一二岁，总之是我的两倍。虽说如此，但看起来就像个婴儿，不会让人想到要叫哥哥。男孩就像刚出生的小狗一样，呼吸急促而微弱，胸膛快速起伏着。看得出来是极度危险的状态。

我从巷子出来后，还是没看到人，只有灰白墙上的红色文字令人眼花缭乱。徘徊一阵后，终于看到一家极小的杂货店。我推开门后，开口对老板说："大叔。"

电视上正播着《家族娱乐馆》①，大叔一边看电视，一边咯咯地笑，好像没听到我的声音。电视上的人正在玩戴着耳罩看前方队友嘴型猜答案的游戏，正确单词是"战战兢兢"。我也不知道我怎么会记得这个单词，当时我连"战战兢兢"是什么意思都不知道。总之有个年轻女艺人老是说出一些很好笑的答案，为现场观众及杂货店里的大叔带来了很多的欢笑。猜题时间结束时，女艺人所在的队伍还是没答对，大叔好像感到很可惜地撇了撇嘴。我又喊了一声："大叔。"

"嗯？"

等大叔转头看我，我说："有个人倒在巷子里。"

---

① 为韩国综艺节目，通常分两队进行比赛。

但大叔却回我："是吗？"

用没什么大不了的语气敷衍我后，他又坐回原来的姿势。这时，电视里的人正赌上能够逆转局势的高分继续游戏。

"说不定会死掉。"

我摸着整齐陈列在柜台上的牛奶糖。

"真的吗？"

"对，是真的。"

直到此时，大叔才将视线移到我身上。

"这么可怕的事情，你也讲得太若无其事了。说谎可是不好的哟。"

我一直在想要怎么说服大叔，所以没有回话。但年纪太小的我，懂的词也不多，怎么也想不出有什么话可以比刚才那句更像真的。

"说不定会死掉。"

只好不断重复同一句话。

3

在大叔报警后仍在等待节目结束的那段时间，我不断摸着牛奶糖，他实在看不下去了，于是忍不住对我说："不想买就走吧。"在动作慢吞吞的警察前往现场的那段时间，我不时想到那个躺在冰冷的地上的男孩，他早就断气了吧。

但问题是，男孩正是大叔的儿子。

我坐在警局的板凳上，前后摆动着那碰不到地板的双腿，交错晃动的双腿引起一阵冷风。已是夜幕低垂的深夜，睡意也席卷而来。正要睡着时，母亲推开警局大门走了进来，她一见到我就放声痛哭，用力摸着我的头。重逢的喜悦尚未散去，警局大门哐当一声又被推开了。大叔在警察的搀扶下哭着走了进来，脸上满是泪水，跟看电视时的表情截然不同。他像要昏倒般跪倒在地，全身颤抖着握拳捶地，没一会儿突然撑起身子开始对我大吼大叫。虽然没全听懂，但我理解的意思大概是这样：

"要是你认真一点告诉我，就不会来不及了。"

一旁的警察边说幼儿园的小孩哪儿懂那些，边将瘫软的大叔扶正。我很难接受大叔的话，我一直都很认真，从未笑过，也没有兴奋，更不懂为什么我要受到这样的质问，但因为只有六岁，无法用有限的词汇表达那样的疑问，所以只能默默承受。不过母亲替我大声反驳了，刹那间，整个警局在失去小孩的人和找回孩子的人之间的争吵中乱成一团。

那天晚上，我就像平常一样玩着积木，是块长颈鹿造型的积木，把长颈鹿的脖子往下折就变成了大象。我能感受到母亲的视线在我身上每一处徘徊。

"不害怕吗？"母亲这么问。

"不怕。"我说。

不知道怎么回事，那件事，就是我看到有人被打死还面无表情的事，瞬间就传开了。从那时起，母亲担心的事开始发生了。

上小学后，事态变得更严重。有天在上学路上，走在我前面的一个小女孩被石头绊倒摔了一跤。因为她刚好挡住我的去路，我盯着她后脑勺上绑的米老鼠发饰等着她站起来，但她却一直待在原地哭泣。她妈妈突然出现了，把她扶起后，斜眼瞪着我啧啧叹气。

"朋友都受伤了，你不知道要问她有没有事吗？虽然我也听说了你的事，但你的状况还真不是一般严重啊。"

我想不到要说什么就没开口。感觉有热闹看的孩子们聚集过来，叽叽喳喳的声音弄得我耳朵很痒。不听也知道，说的话跟那阿姨说的一样，仿佛是她的回音。此时，外婆的出现救了我，外婆就像女超人一样，不知道从哪儿突然冒出来将我抱起。

"不要乱说话啊，是你家小孩运气不好才会跌倒，凭什么怪别人啊？"外婆中气十足地大吼，也没忘记教训那些小孩，"有什么好看的？一群白痴。"

远离人群后我抬头望了望外婆，外婆紧闭的双唇嘟起来。"外婆，他们为什么说我很奇怪？"

外婆将原本嘟起的嘴唇收了回去。"因为你很特别。人啊，本来就不能忍受跟自己不一样的事物。哎呀，我们家这可爱的怪物。"

外婆把我抱得太紧，肋骨都感觉麻麻的。从前外婆就常叫我"怪物"，那个词至少对外婆来说没有不好的意思。

4

其实我花了些时间才理解外婆帮我取的这充满爱意的绰号。书里的怪物都不可爱，不对，应该说可爱不起来的才叫怪物。但外婆为什么要叫我可爱的怪物呢？即使知道相互矛盾的概念一起出现时，会产生所谓"反讽"，我还是常常搞不清楚外婆的重点是放在"可爱"上，还是"怪物"上。总之外婆说是因为喜欢我才这样叫我，所以我选择相信她。

母亲听外婆说完米老鼠女孩事件后便哭了起来。"我就知道事情会变成这样……但我没想到会这么快……"

"吵死了！要在这边哭哭啼啼的话，就回你房间把门关紧后尽情哭！"

因外婆突如其来的咆哮而暂时止住泪水的母亲，在偷瞥外婆一眼后又哭得更厉害了。外婆发出啧啧声摇了摇头，"呼"的一声长叹一口气后，抬头盯着天花板角落。这是在外婆与母亲之间常见的画面。

所谓"我就知道事情会变成这样"，是指母亲对我的担心已经有一段时间了。因为我从一出生开始就跟别的小孩不太一样，如果你问我哪里不一样，那就是，我不会笑。

一开始以为只是发育较迟缓，但育儿书中提到过小孩出生三天后就会开始哭闹。母亲伸手数了数日子，已经接近一百天。

就像被下了不会笑的魔法的公主，我一点反应也没有。母亲则像是来赢得公主芳心的异国王子般使尽浑身解数，又是拍手，又买了各色铃铛摆弄，有时还会跟着童谣跳搞笑的舞蹈。逗弄累了就到阳台一根一根地抽烟，她知道怀了我之后好不容易才戒掉烟瘾。我看过母亲那时录的像，在汗流浃背的母亲面前，我就只是，默默看着她。若说这是一个小孩的眼神，未免太过深沉而平静。

总之，母亲并没有成功逗笑我。医院也没说什么，只是不会笑而已，在检查结果中，不管是体重、身高，还是行为发展，都未低于同龄人平均值。儿科医生认为没什么大不了的，说小孩正健康地长大，不用太过担心，然后就送走了母亲。母亲也一直努力安慰自己，我只是比别人稍微木讷点而已，但是满周岁后发生了真正令人担心的事。

某天，母亲将装有热水的红茶壶放在桌上，当她转过身去拿奶粉时，我伸手去碰了茶壶，茶壶立刻掉了下去。茶壶翻倒在地将水泼洒出去，至今残留的淡淡烫痕就是当时留下的勋章。我吓得哭了起来，母亲便以为我从此就会害怕热水和红茶壶，因为其他小孩都是这样。但事实并非如此，我既不怕水，也不怕茶壶，不管里头装的是热水，还是冰水，只要看到红茶壶我就会伸手去摸。

不仅如此，就连楼下的独眼老先生和他拴在别墅花圃里的大黑狗，对我来说也不是可怕的存在。我不仅直盯着老先生满满眼白的瞳孔，还在母亲视线暂时移开时，对着露出尖锐犬牙、凶猛吠叫着的黑狗伸出手。即使在见过那黑狗将邻居小孩咬到流血后仍是如此，母亲更是常为此急奔而来。

经历几次事件后，虽然母亲有时会担心我是不是低能儿，但不论是从外表上还是从行为上，都看不出任何可被判定为智力低下的迹象。母亲不知该怎么理解我这种孩子，就像一般母亲一样，决定往好处思考。

"是比同龄人更无惧又冷静的小孩。"

母亲的日记里是这么描述我的。

尽管如此，如果过了四岁还不笑，不安也是会到达极限的。于是母亲带着我找上更大的医院。那天，也是我记忆最深刻的一天。就像看着水里的东西一样，原本模糊不清的事物突然清晰起来。

一名穿着白袍的男人坐在我前方，他满脸笑容地拿着各类玩具依次在我面前展示，还晃了晃其中几个。后来又拿小锤子敲了敲我的膝盖，没想到我的小腿就像跷跷板一样朝天空弹起。男人还将手指放到我腋窝下，我觉得痒就笑了一下。最后他拿出照片问了我几个问题，其中一张照片让我印象深刻。

"照片中的孩子正在哭泣，因为没有了妈妈。你觉得这孩子心情怎么样？"

我不知道答案，抬头看了一旁的母亲，母亲微笑着摸摸我的头，接着用力咬了咬下唇。

不久后，母亲说要环游宇宙，就带我去了个地方，我到了才发现是医院。我问母亲明明没生病为什么还要来这里，但她没回答我。我躺在一处冰冷的地方，被一个白色的长筒物吸进去，嘟嘟嘟，机器发出奇怪的声音。宇宙之旅就这样无趣地结束了。

接着出现更多穿着白袍的男人，其中一个年纪较大的让我看模糊的黑白照片，并说这是我的脑袋。骗人，一看就知道不是，但母亲好像相信了那蹩脚的谎言，频频点头。每当男人开口说话时，旁边的年轻男人就接着写下什么。我觉得有点无聊就摸摸脚，后来又用脚踢了踢医生的桌子。母亲把手放在我肩上制止我，我抬头看母亲，泪水正扑簌簌地流下她的双颊。

后来我对那天的记忆就只有母亲不停哭泣的样子。母亲哭了又哭，哭了又哭，离开诊室后仍继续哭着。电视上正播着动画片，但我却因为母亲而无法集中注意力，就连宇宙战士消灭了坏人时，母亲还是不停地哭着。后来还是坐在隔壁打瞌睡的外婆大吼道："不要再哭了！吵死了！"母亲才像个被教训的女学生，紧闭嘴巴，无声啜泣着。

5

母亲给我吃了很多杏仁。只要是杏仁——美国、澳大利亚、中国、俄罗斯产的——韩国进口的所有种类我都吃过了。中国产的有难以入口的苦味，澳大利亚产的则有一股难以描述的酸涩土味。虽然韩国也产杏仁，但我最喜欢的还是美国产的，尤其是加利福尼亚生产的。现在就来分享我吃饱含阳光、透着微微褐色的加利福尼亚产杏仁的独特方法。

首先，拿起整包感受一下装在里头的杏仁的触感，包装底下的杏仁摸起来十分坚硬。下一步，撕掉上包装打开夹链袋，此时眼睛需闭上，接着慢慢吸气后将鼻子靠近包装袋，轻轻地、有规律地呼吸着，这么做是为了确保香气能够持续进入体内。等到鼻子里充满杏仁香气时，将半拳的杏仁放进嘴里。用舌头去感受杏仁的外缘并在嘴里滚动一会儿。试着碰触杏仁尖锐的部分，也可以用舌头舔舔表面凹凸的地方。这个过程不能太久，因为杏仁沾上口水后就会渐渐失去味道。这只是为了迈向高潮的准备过程，时间过短太无聊，过长则失去效果，黄金时机得自己寻找。渐入高潮时就开始想象杏仁逐渐变大，原本指甲般大小的杏仁，慢慢变得像葡萄、猕猴桃、橘子、西瓜一样，越来越大。这时杏仁已经膨胀到如橄榄球般大，就在这瞬间，咔嚓一声咬下去，那么伴随着咔嚓声而来的，就是远从加利福尼亚飞来的阳光将一并在嘴里散开。

特意进行这些仪式并不是因为我喜欢杏仁，而是因为桌上无时无刻不摆着杏仁，没办法逃避，所以只好找吃的方法。母亲认为如果吃很多杏仁，我脑袋里的杏仁也会跟着长大。那是母亲所寄予的少数希望之一。

每个人的脑子里都有两颗杏仁，它们就扎实地嵌在耳后往头顶延伸的某个深处。大小还有形状都跟杏仁差不多，所以叫"杏仁核"。也因为长得像水蜜桃核，又被叫作"扁桃体"。

受到外部刺激时，杏仁核就会亮起红灯。根据刺激的不同性质，我们会感觉到恐惧、不悦，以及各种喜欢或讨厌的情绪。

但我脑里的杏仁核好像有个地方坏掉了，就算受到刺激也不会亮红灯，所以我不太了解为什么别人会笑或哭。对我来说，开心、难过、喜欢或害怕这些情绪都很模糊。就连"情绪""同感"这些词，对我而言也不过是模糊的印刷字体。

6

医生们诊断我是"述情障碍"，也就是Alexithymia①。症状严重加

---

① 意即述情障碍，是最早于二十世纪七十年代被报道的情绪性障碍。会因童年时情绪发展不完全、经历过创伤或先天杏仁核过小导致此现象。杏仁核过小时，尤其不太能感觉到恐惧。但有报告指出，与恐惧、不安等情绪相关的部分可通过后天训练成长。本书是作者根据事实再加上自己的想象来描写述情障碍的。

上过于年幼，无法被视为阿斯伯格综合征，其他发展项目上也没有问题，所以没有自闭疑虑。虽说是述情障碍，但并不是无法表达，而是感知有障碍。不是像语言中枢的布氏区或韦氏区①受伤的人那样，在理解或组织文字上有困难，而是不太感受得到情绪、难以读懂别人的情绪，还会混淆不同的情绪。医生们都说因为我脑里的杏仁核，也就是扁桃体天生就比较小，加上脑边缘系统与额叶接触不良，才会变成这样。

　　杏仁核小引发的一个现象就是不知道害怕，虽说会有人认为这样很勇敢很幸福，但恐惧是维持生命的本能防御机制。不知道害怕并不代表勇敢，而是指车子直冲而来，也只会傻傻站在那里。我运气更糟，不光对恐惧的感知迟钝，对所有情绪的感知都有障碍，像我这样的情况是非常少见的。不幸中的大幸是，即便杏仁核只有这么大，倒是没有人提出会造成智商低下。

　　医生们说每个人的脑袋都不太一样，所以还要再观察。他们提了些意见，其中几个人对我很感兴趣，仿佛对于揭开至今仍未露全貌的神秘大脑的秘密，我可能扮演着很重要的角色。大学医院研究团队前来委托，希望在我长大前，能参加一个长期的临床试验，研究结果会呈报

---

　　① 布罗卡氏区和韦尼克氏区。

给医学会。他们除了会提供参加临床试验的费用外，还说，根据研究的结果也有可能像布氏区或韦氏区那样，会以我的名字命名脑的某部分——"鲜允载区"。但已经被医生们搞得很烦躁的母亲一口拒绝了。

首先，因为母亲常去家附近的国立图书馆涉猎许多与大脑相关的书籍，知道布氏与韦氏不是实验对象而是科学家的名字，这是问题所在。母亲也很不喜欢医生们把我当作一块有趣的肉体，而不是人来看待。于是母亲早早就断了医生们能治好我的期待，反正不过就是做一堆奇怪实验，再给我吃些没获得认证的药，观察我的反应后拿去医学会炫耀，这是母亲的想法。所以母亲说出了大多数妈妈激动时会说的一句话："我最了解我自己的小孩。"再常见不过又没说服力。

最后一天去医院时，母亲朝医院前的花圃吐了口口水后说："连自己脑袋里装了什么都不知道的家伙们！"

母亲有时会这样没头没脑地正义凛然。

7

母亲怀孕时因为压力大偷抽了几根烟，加上最后在预产期忍不住偷喝了几口啤酒，她为此感到后悔，但我的脑袋会变成这样，答案其实很明显，只是运气不好罢了，命运这家伙在这世上造就的各种蛮横不讲理的事出乎意料地多。

事已至此，母亲也许正怀着这类期待：虽然情绪没有他人柔和，但说不定会像电影里演的那样，记忆力跟电脑水准差不多，或是对美的敏感度极为卓越，可以画出令人难以置信的天才画作。要是那样的话，说不定还能去参加达人秀，或是随便几笔画出来的画就能卖个几千万。但我并没有那些天才般的能力。

总之，在绑着米老鼠发饰的女孩的摔倒事件后，母亲正式开始对我的"教育"。因为不太能理解情绪确实是不幸且令人遗憾的，除此之外，其实也暗藏许多危机。

有人用凶恶的表情训斥我也没有意义。像大叫、高喊、挑眉，说这些动作带有特定含意，对我来说是很难理解的事。也就是说，我无法意识到一个现象中还藏有其他意思，我只会从表面去理解这个世界。

母亲在色纸上写了好几个句子后，一一贴到壁纸上。在用来装饰墙壁的壁纸上贴有这些句子：

车子靠近→闪躲，如果车子靠近就跳开。

有人靠近→往另一侧避开避免撞到。

对方笑了→跟着微笑。

最下面虽然写着：

※备注：脸上的表情，最保险的方法就是跟对方摆出一样的表情。

但对刚满八岁的我来说，多少有点难懂。

贴在壁纸上的例句无止境地多，同龄小孩在背九九乘法表的时候，我就像在背王朝的年代表一样，背着那些句子，并将吻合的条目配对，母亲会定期进行测验。一般人很轻松就能理解的本能规范，我则要一个个默记。外婆嘴里虽不满地说填鸭式教育有什么用，但还是把要粘在壁纸上的箭头摆上去，摆箭头是外婆的工作。

8

虽然几年过去我的头壳逐渐变硬，但脑内杏仁核的大小还是没有任何改变。随着人际关系变得复杂，靠母亲提供的公式无法应付的变数也越来越多，我也渐渐成为话题人物。新学年不到一天就被当作怪小孩，或被叫到操场后站在大家前面给人观赏。同学们总是丢出很奇怪的问题，但我不会说谎，总是照实回答，也不知道他们为什么都要捧腹大笑。就这样，虽然并非我所愿，但每天都像是在母亲心上插上一刀。

但母亲没有放弃。"不能太显眼，这样就够了。"

那句话的意思就是不能被发现，不能被发现跟别人不一样，一旦被发现就会变得显眼，而那瞬间就会成为大家的目标。单纯只是车子靠近就躲开这种水准的方针已经不够了，已经到了要想让自己低调还需要高度演技的时候。母亲不知疲倦地发挥想象力，用剧作家的水准追加了对话内容。现在还得一起背下对方说出的话中"真正的意思"，以及我话中必须包含的"适当意图"。

母亲举例说，如果朋友拿出新的文具或玩具说明那是什么的时候，并不是真的在说明，而是在"炫耀"。

照母亲的说法，这时候的模范回答是："好棒哟。"这话代表的情绪就是"羡慕"。

如果有人说我长得很帅或是做得很好这类正面的话（当然什么是正面，这个又得另外记），这时就要回说"谢谢"或者"还好啦"。这才是正确的回答。

母亲说"谢谢"是理论上的标准回答，而"还好啦"则带有从容不迫的感觉，会让我看起来更帅气。当然我总是选择最简单的答案。

9

由于母亲是大家（包括她自己）公认笔迹不好看的人，所以她特地为了我上网找出喜、怒、哀、乐、爱、怨、欲的汉字，并把每个字都打印在一张A4纸上。啧啧，外婆看到母亲这么做便不满地唠叨，做任何事都要用心才会成功。于是尽管外婆看不懂汉字，还是描下每个字。母亲把外婆写好的字像家训或符咒一般贴在家里各处。

穿鞋时就会看到鞋柜上的"喜"对我微笑，每次打开冰箱门就一定会看到"爱"，睡前床头就有"乐"俯瞰着我。虽然也有很多是不分地点随便放，但不好的，像是愤怒、悲伤、讨厌等相关文字，都因为母亲的迷信全贴在厕所内。随着时间的推移，被厕所湿气包围的纸渐渐变得皱巴巴的，字也都糊掉了。外婆总是会定期重写贴上去，也不知道是不是因为这样，最后外婆甚至能背下那些汉字，写出极漂亮的字了。

母亲还创造了"喜怒哀乐爱怨欲游戏"。母亲说出特定情景，我就要猜情绪。例如，如果有人给我好吃的东西，这时应该有的情绪是什么？正确答案是开心和感谢。如果有人让我觉得疼痛，这时感觉到的是什么？正确答案是愤怒等诸如此类的问答。

有一次我问，那如果有人给我难吃的东西，应该感觉到什么？不知道是不是因为问题出乎意料，母亲想了很久才回答出来。苦恼许久后，母亲说一开始可能会因为食物难吃而感到愤怒（我见过几次母亲觉得食物太普通而大骂餐厅），但又说会因为对象的不同，就算是不好吃的食物也可能会感到开心或觉得感激（这种时候外婆总是叫我要心怀感恩地吃完菜，并把空碗还给妈妈）。

又过了几年，等到我的年纪来到两位数时，对于我提出的问题，母亲无法直接回答或吞吞吐吐的情况越来越频繁了。结果是母亲不愿意再回答我的问题，只要我好好记住"喜怒哀乐爱怨欲"这些基本观念。

"就算不知道复杂的东西，也要先掌握基础。能做到这样，就算会被人觉得有点不足，但也还在正常范围内。"

其实对我来说都没什么差别，就像我不能分辨出各个词语间的微小差异，我是正常还是不正常，对我来说没有任何影响。

10

幸亏有母亲不间断的努力及日复一日半习惯性半义务性的训练，我也渐渐大致了解了在学校平安度过的方法。升上小学四年级后，也能适当地在团体中生活，算是实现了母亲所谓不要太显眼的愿望。大多数时候只要沉默就足够——该生气时如果沉默，就是有耐心；该笑时如果沉默，就是慎重的表现；该哭时如果沉默，则代表坚强——果然沉默是金。但是"谢谢"跟"对不起"则要形成习惯，时常挂在嘴上，因为这两个是可以解决很多复杂情况的魔法词。到这里为止都很简单，就像对方给我一千块①，我找他三百块零钱一样。

困难的是我先拿出一千块的情况。也就是说，要表达我想要什

---

① 这里指的是韩元。

么、想做什么、喜欢什么的这类情况。这些事之所以困难，是因为还需要额外的动力。也就是说，虽然我必须先拿钱出来，但我既没有想买的东西，也不知道要拿多少出来。这就像要在平静的湖面强行弄出波澜一样费力。

比如，看到我完全不想吃的巧克力派要说出"我也想吃"，还要微笑着问"能不能也给我一个"；如果有人撞到我就走掉或是失约时，我要问"怎么能这样"，还要边哭边紧握双拳。

那些对我来说是最累的，既然很累就想说干脆不要做。但母亲说人如果像平静的湖水一样太沉默，也会被贴上奇怪小孩的标签，所以说这种事还是要"偶尔做"。

"人类是教育的产物，你可以的。"

母亲说这一切都是为了我，换句话说就是"爱"，但在我看来，那更像是母亲为了不让自己心痛而做的挣扎。如果照母亲这么说，所谓爱不过是泪眼汪汪地看着我，告诉我这时要这么做、那时要那么做，对每件事都唠叨一大堆。如果那就是爱，既不给予也不接受，是不是会更好？当然我没说出口，因为母亲的行为要领中有"如果说话太直接会伤害到对方"这个原则，我可是背到口干舌燥。

11

　　用外婆的话来说，比起母亲，我跟外婆更合拍。其实母亲跟外婆除了都喜欢李子口味的糖果外，无论是长相、兴趣，还是个性，几乎没有一处是相似的。

　　外婆说母亲小时候最早在店里偷的东西是李子口味的糖果。一听到"最早"这两个字，母亲急着补充说那是第一次也是最后一次，但外婆呵呵地笑着说她也只是说说而已。"小时偷针，长大没变成偷金的小偷，真是万幸啊。"

　　两个人喜欢李子口味糖果的原因有点特别，说是因为那糖果能让人"同时感受到甜味及咸血味"。闪闪发亮的白色基底上刻有一条红线的李子口味糖果，把那糖果放在嘴里滚来滚去是她们两人珍贵的开心记忆。那条红线融化得特别快，吃着吃着常划到舌头。

　　"说起来真挺神奇的，咸血味和甜味搭在一起居然不违和。"母亲在找痱滋膏①时，外婆就抱着整包糖果灿烂地笑着说。奇妙的是，外婆说的话不管听几次都不觉得无聊。

---

　　① 原文为Oramdy，是韩国专治口腔溃疡的药膏。

外婆是突然出现在我生命中的。在母亲撑不下去向外婆发出求救信号前，她们已经断绝往来将近七年，过着各自的生活。断绝骨肉之情是为了一个男人，也就是我爸爸。

母亲还在外婆肚里时，外公就因罹患癌症过世，失去外公的外婆，为了不让母亲因为没有父亲而遭人欺负，奉献了整个青春，可以说她的人生都是为了女儿而活。幸运的是，女儿虽然不是特别杰出，但功课也不错，还考上了首尔的女子大学。可是那样含辛茹苦养大的女儿，却眼睁睁看上在女子大学前摆摊卖饰品的野男人，这是外婆对父亲的称呼。那野男人应该是拿了摆在摊上的一个便宜戒指套在了她珍贵的女儿手上，还许下会永远相爱的誓言。虽然外婆说她躺进棺材前都不会同意，但母亲说爱情不是需要谁同意不同意的文件，而下场就是挨了一巴掌。

然而母亲威胁外婆说，如果继续反对她就要怀孕。确切来说，是在一个月后，威胁变成了事实。外婆下了最后通牒说如果真的生下小孩，以后就再也不要见面，母亲却真的离家出走了。因为这件事，母亲跟外婆的缘分暂时断了。

我没见过父亲，只看过几次照片。我还在母亲肚里时，有个人喝酒骑摩托车撞上了父亲的摊位，造成父亲当场死亡，只留下各种不值钱的饰品。在那之后，母亲更无法与外婆联络了，当初说要寻找爱情负气离家出走，她不想带着这样的不幸回去。就这样七年过去了，撑了又撑，撑到再也撑不下去的时候，撑到母亲意识到自己无法一个人照顾我的时候。

12

我跟外婆第一次见面是在麦当劳。那天母亲特别点了两个平时不常买给我的汉堡套餐，自己却碰都没碰。母亲的眼睛一直盯着大门，只要有人进来，眼睛就会一会儿睁大一会儿眯起，上半身则时而挺直时而垂下。后来我问母亲，她说那是感到害怕又安心的时候会出现的行为之一。

最后就在母亲等累了拍拍屁股准备起身离开的瞬间，门忽地打开，一阵风飕飕地吹了进来。一抬头只见一个肩膀宽厚、虎背熊腰的女人站在那里。灰发上压着一顶紫帽，上头插着一根羽毛，就像童话故事里的罗宾汉。那女人，就是母亲的母亲。

外婆真的很高大，除了高大，我想不到其他适当的词能形容外婆。非要比喻的话，外婆就像那永远不会枯萎的栎树，不管是体形还是声音，就连影子都很壮硕。尤其是双手，就像力气很大的男人的手那般厚实。外婆坐在我前面双手抱着胸，嘴巴紧闭成"一"字状，一句话也不说。母亲低头喃喃自语，正准备说什么话时，外婆用又低又粗犷的嗓音命令道："先吃吧。"

母亲只好先将已经冷掉的汉堡一口接一口地塞进嘴里，直到最后一根薯条消失后，母女俩还是沉默不语。我在手指上沾了口水，把散落在褐色塑料盘上的薯条渣一个个沾起来吃，等待着下一幕。在双手抱胸的外婆面前，母亲紧咬下唇直盯着自己的鞋子。等到餐盘上什么都不剩的时候，母亲终于把手放在我双肩上，用蚊子般的声音说："就是这孩子。"

外婆深吸一口气，身体向后靠并发出了"哼"的一声。后来问外婆，她说那声"哼"代表"要过就过得像样点啊，烂丫头"。外婆用整间麦当劳都能听见的洪亮声音大吼道："好样的啊！"

每个人都在看我们，母亲则哭了起来。从她那几乎没张开的嘴里，一五一十地说出过去这几年自己人生遇到的波折。对我来说，从头到尾都只听到抽噎声，偶尔夹杂擤鼻涕的声音。幸好外婆好像都听懂了母亲说的话，她的双手原本像拴上门般一直紧抱在胸前，不知不觉放到了膝盖上，流连在脸上的光泽也渐渐消失。在叙述我的事时，外婆的表情也开始变得跟母亲一样。在母亲说完一切后，外婆沉默了好一阵子，突然换了个表情。"如果你母亲说的是事实，你就是个怪物啊。"

母亲唰地张大嘴巴看着外婆。外婆则边将脸贴近我边微笑着，嘴角上扬，眼角下垂，眼睛和嘴巴都快碰在一起了。"这世上最可爱的怪物，原来就是你啊！"

说完后用力摸了摸我的头。从那时起，我们三个人的生活便开始了。

13

重新跟外婆一起生活的母亲选择的新职业是卖旧书，当然是在外婆的帮助下。但按照母亲的说法，爱"秋后算账"的外婆只要一有空就会唠叨个不停。

"我为了供唯一的小孩念书，这辈子都在卖年糕，结果那丫头书都念不好，现在居然还卖起旧书了，烂丫头。"

"烂丫头"这个词照字面意思解释的话，实在是很惊人，但外婆时刻都这么称呼母亲。

"母亲对女儿说什么烂丫头啊？谁是烂丫头？"

"我说错了吗？反正人死了本来就会烂掉，我是说实话又不是脏话。"

　　总之，因为与外婆的重聚，之前不断搬家的我们终于安定下来，至少外婆不再责骂母亲为什么不做更赚钱的工作了。外婆对文字有着憧憬，所以即使家里状况不好，仍买了许多书给母亲，希望她能成为"韦编三绝的女人"。其实外婆一直希望母亲成为作家，尤其是当个终身不嫁，虽然孤独却优雅老去的女作家。如果时光能倒流，那其实是外婆想过的人生。将母亲取名为"知恩"①也是因为这个。

　　"知恩啊，知恩啊，每次叫名字都以为她会写出很厉害的文字，为了让她变聪明还买很多书给她看，结果在书上学到的就是跟个无知的男人谈一场愚蠢的恋爱，哎哟喂呀……"外婆常这么唠叨。

　　在网络二手交易已经很盛行的情况下，没有人会认为旧书店是赚钱的生意。但母亲仍坚持要开旧书店，旧书店是个性实际的母亲所做的最不实际的决定。那也是母亲一直以来的梦想，因为有阵子，就像外婆希望的那样，母亲有过当作家的梦想。但母亲说她无法将这伤痕累累的人生化作文字，虽说应该贩卖自己的人生，但她没有信心这么做，也不认为那是一个作家该做的。所以她决定卖别人的书，那些已经浸透岁月味道的书，而不是定期上市的新书。既然要做，她就得一一亲自挑选，那

_____

　　① "知恩"与韩文"作者"的发音相近。

就只能是旧书。

书店位于水逾洞住宅区巷内，至今仍有许多人称为水逾里。虽然我很好奇是否真的会有人来这里买旧书，但母亲信心十足。母亲选旧书的眼光很卓越，也知道如何用实惠的价格买入书迷可能会喜欢的书籍。我们住的地方就在书店后，有两个房间和一间没有浴缸的厕所，住我们三个人刚刚好。睡到一半如果有客人找可以直接出去，如果不想起来，只要把门锁上就好。在擦得光亮的玻璃窗上写着"旧书店"三个字，也挂上了"知恩书坊"的招牌。开店前一晚，母亲搓搓手嘻嘻地笑道："以后不会再搬家了，这里，就是我们的家。"

那句话成了事实。虽然外婆常唠叨说真稀奇，但不管怎样，卖书的收入足够我们生存下去。

14

我也觉得那个地方很舒服。虽说在其他人的表达里，可能是"很喜欢"或"很合心意"，但在我会的词汇里，"舒服"就是最好的说法了。确切来说，是我渐渐熟悉了旧书的味道，仿佛早就闻过一样。只要有时间我就会打开书闻味道，虽然外婆常骂我说闻那些满是臭味的旧书到底要干吗。

书能马上带我到我去不了的地方，让我听见我遇不到的人的告白，看到我观察不到的那些人的人生。我感受不到的情绪、没遇过的事物，都被秘密地收录其中。这跟电视还有电影有本质上的差异。

电影、电视剧还有漫画里的世界都太过具体，没有我能参与的空间，里面的故事就是拍摄出来的、画出来的那个样子。比方说，如果书里有这样一句：在一栋六边形的房子里，一名金发女子正跷着二郎腿坐在褐色坐垫上。那么在电影或画作上，女人的皮肤、表情，甚至连指甲的长度都已经被确定了。在那个世界里，没有任何事物是我能改变的。

书就不一样了。因为书里有很多空间，每个词语、句子间都有很多空隙。我可以在那里或坐或走，甚至写下我的想法。就算不懂内涵也没有关系，只要随便打开一页就成功一半了。

我会爱你的。

即使永远都不知道那会是罪或毒，还是蜜，我也不会停止这旅程。

就算完全感受不到那意思也没关系，光用眼睛追随文字就够了。边感觉书的香气，边用眼睛慢慢地跟着每个字、每个形状和每一笔画。

那对我来说就跟咀嚼杏仁一样是很神圣的事。等到觉得用眼睛摸够每个字后，这次试着发出声音来阅读。我会，爱你的。即使，永远都，不，知道，那会是，罪，或，毒，还是，蜜，我，也，不，会停，止，这旅，程。

就像在咀嚼文字一样，边琢磨边念出声音，一直念，不停地念，直到背下来为止。如果不断重复同一句话好几次，那句话的意思就会变得模糊。之后到了某个瞬间，文字不再是文字，句子不再是句子，听起来就像是毫无意义的外星语。到那时，原本对我来说很难理解的爱啊，永远啊这些东西，我觉得反而更亲近了。我跟母亲介绍这个有趣的游戏，她便回我说："无论什么事，只要不断重复好几次就会变得毫无意义。一开始看起来好像有什么进展，但过一段时间后，看起来就像变了或是褪色了，到最后所有意义都会消失得无影无踪，彻底地消失。"

爱情、爱情、爱情、爱情、爱情、爱、情、ài、qíng、爱情、爱情爱、情爱、情爱。

永远、永远、永远、永、远、yǒng、yuǎn。

这下，意义就消失了。仿佛一开始就是张白纸，和我的脑袋一样。

15

　　季节就像反复在记号里游走般，走过冬天又重新回到春天，不断重复着。母亲与外婆常因各种事吵到笑出声来，而当夕阳开始下山，话就渐渐变少。等到天空都被渲染成红色后，外婆就拿出白酒发出"呀"的声音，母亲也用从胸腔发出的声音说"呀，真棒"来配合外婆。母亲说那句话的意思就叫幸福。

　　母亲桃花很旺，即使是跟外婆住在一起后仍谈了几场恋爱。外婆说个性很差的母亲之所以会吸引男人，是因为长得像年轻时的自己。每到这种时候，母亲虽然撇着嘴，最后还是会说出"我妈那时的确是很美啊"这种无法证实的话。我对母亲的男朋友并不是很好奇。母亲的恋爱模式都是固定的，虽然先来招惹的通常是男人，但最后跑去纠缠的总是母亲。外婆说这是因为男人要的只是谈恋爱，但母亲想要的却是能够当我父亲的男人。

　　母亲的身材很苗条。不知道是不是因为常在又圆又黑的眼睛上画栗子色的眼线，本来就很大的眼睛看起来更大了。及腰的头发就像海带一样乌溜溜的，嘴唇总是涂得红通通的，令人联想到吸血鬼。我有时会去翻找母亲以前的照片，母亲从小就长得像四十岁的人，所以照片里的她看起来没什么变化。不管是穿着打扮，还是发型，就连长相都差不多，好像永远都不会变也不会老，只有身高一点点地抽高而已。母亲听到外婆如口头禅般挂在嘴上说的"烂丫头"会心情不好，我帮她取了个"不会烂的女人"的绰号，她却撇撇嘴说那个名字她也不喜欢。

外婆好像也不会变老，灰发既不会变黑也没有变白，不管是庞大的身躯，还是大碗的酒量，年复一年仍没有缩减的迹象。

每年到冬至这一天，我们就会上去顶楼，把相机架在砖块上一起拍全家福。在不老的吸血鬼母亲与巨人外婆间的少年，只有我，在这两个不会变的女人间独自嗖嗖地长大成人。

那一年，事情发生的那个冬天，在快下初雪的前几天，我在母亲的脸上发现了陌生的东西。一开始以为是较短的发丝沾在脸上，于是我便伸手将它拨开，结果发现那不是头发而是皱纹。虽然不知道是什么时候出现的，但已经又长又深地印在那里。那时我才知道母亲老了。"原来妈你也有皱纹啊。"

听到我这么一说，母亲微微笑了笑，皱纹就被拉得更长了。我虽然试着想象渐渐变老的母亲，却想象不太出来，毕竟这是令人难以置信的事。

"以后妈妈剩下的就只有等着变老了。"

母亲说这话时，不知道为什么脸上的笑容都消失了。她面无表情地凝视远方一会儿后，闭上了双眼。是在想什么呢？想象自己老了以后变成老外婆的模样吗？但是母亲说错了，命运并没有给她变老的机会。

16

洗碗或是擦掉地板上的灰尘的时候，外婆总是在称不上旋律的自创曲中加入歌词哼唱着。

夏天就要吃玉米，冬天就要吃烤番薯。
很好吃哟，很甜哟，赶快来尝尝吧！

那是外婆年轻时在客运站里卖的东西，蹲坐在入口处等着卖给往来的行人。

年轻时的外婆唯一用眼睛享受过的奢侈事情，就是等东西卖完后，用眼睛尽情地扫过长长的客运站。会让外婆看得目不转睛的就是佛祖诞辰纪念日和圣诞节的时候。暮春到初夏那段时节，客运站外放满一排排花灯；到了冬天又挂满了华丽的圣诞节装饰品。虽然是自己工作的地方，但那些景象是外婆所向往的世界。粗糙地制作出来的花灯，还有那些假圣诞树，都是她想要拥有的东西。于是在外婆把卖玉米和烤番薯的所有收入都拿来开辣炒年糕店时，第一件事就是买下漂亮的花灯和迷你圣诞树。无论四季，外婆的年糕店里总是和气融融的，挂满花灯和圣诞装饰。

在外婆关了年糕店、母亲开了旧书店后，外婆坚持的铁律之一是不管有什么事，都一定要过佛祖诞辰纪念日和圣诞节。

"耶稣跟菩萨真的是圣人，你看他们还选在不同季节出生。如果一定要选一个过的话，不管怎么说还是要选平安夜吧。"外婆摸着我的头说。

平安夜是我的生日，每到那天我们都会出去吃好吃的庆祝。那年平安夜是个又冷又潮湿的日子，我们三个人正准备外出。天空很阴暗，充满湿气的空气渗入皮肤。虽然在一边穿上外套，但我不认为有必要特意出去过生日。真的啊，早知道就应该选择不要出去的。

17

　　市区人声鼎沸。如果说跟过去的平安夜有什么不同，那就是刚搭上公交车没多久就开始下起雪了。大雪挡住了去路，广播中也传来到明天圣诞节会持续降暴雪，这将会是暌违十年的白色圣诞节的播报。在我的记忆中，那也是第一次在我生日的时候下雪。

　　纷飞的雪花瞬间覆盖了大地，就像要吞噬掉整座城市一样不停地倾泻而下，原本灰蒙蒙的城市一下子变得柔和起来。也许是因为这样，公交车上的乘客都没有对完全被封住的道路有太大的不满。大家都好像被迷住一样，不是望着窗外，就是拿出智能手机拍照。

　　"看来要吃冷面了。"外婆突然说了这么一句。

　　"还要加热乎乎的水饺。"母亲发出啧啧声。

　　"再来碗热腾腾的汤。"我一说完，母女便对视着嘿嘿笑了起来。好像是想起来不久前我问过为什么大家冬天的时候都不太吃冷面的事。也许外婆跟母亲以为我那样问是因为我"想吃"。

　　我们睡睡醒醒几次后终于下车，沿着清溪川漫无目的地走着。这时整个世界都变得一片雪白，抬头只见白净的雪花以极快的速度飘落下来。母亲边大叫边像个孩子一样对着天空伸出舌头接雪花，外婆则说以前去过的一间小巷里的传统老冷面店，现在也消失了。直到弄湿裤脚的水汽渐渐向上渗透，小腿也开始感到冰冷时，我们终于进入母亲用智能手机导航好不容易找到的一家冷面店，是位于鳞次栉比的咖啡店中间的一家连锁冷面店。

上面写着"平壤式"几个大大的字，但除了面可轻易咬断外，这里就没有其他特色了。肉汤里有腥膻味，饺子有焦味，冷面里还有汽水味。味道寡淡，就连第一次吃冷面的人都能感觉出来没下功夫。尽管如此，外婆跟母亲还是吃光了。也许有时比起味道，气氛更有助于食欲吧，那天当然就是因为下雪的关系。外婆与母亲的脸上始终挂着微笑，我则把一个大冰块含在嘴里。

"生日快乐。"外婆对我说。

"谢谢你来到这世上。"母亲握着我的手又加了这么一句，"生日快乐。""谢谢你来到这世上"，我想这是不管在哪里都很普通的说法，但有些日子就是得说这些话。

我们站了起来，还没想好等一下要去哪里。在外婆跟母亲去结账时，我看到了放在柜台前篮子里的李子口味糖果。更准确地说，是篮子里一个只剩下空包装的李子口味糖果纸。我摸了摸那糖果纸，店员笑着说要去拿糖果给我，让我等一下。

　　外婆跟母亲先走了出去。外面仍下着大雪，母亲不知道在为什么开心，边蹦蹦跳跳着边伸出手去抓雪花。外婆看着那样的母亲捧腹大笑了一阵子后，透过窗户给我送来大大的微笑。店员走过来撕开偌大的糖果袋，小小的篮子瞬间就堆满了一颗颗礼物般的糖果。

　　"没关系吗？因为今天是平安夜？"我两手抓着满满的糖果这么问，店员虽然犹豫了一下，但马上就笑着点点头。

　　窗外母亲跟外婆依旧笑得很灿烂，一队在街头表演的多人混声合唱团从她们面前经过，每个人都戴着红色圣诞帽，披着红披风，唱着圣诞歌。"圣诞佳音，圣诞佳音，以色列王今夜降生。"我双手插入口袋，边感受糖果外包装上尖尖的触感，边走向门口。

　　突然有好几个人大叫起来，圣歌的声音越来越弱，四处不断响起尖叫声，合唱团也乱成一团，大家捂着嘴急匆匆地向后跑。

　　从玻璃门看过去，有个男人正对着天空乱砍，那人身穿西装，从我们进门前就在附近乱晃。与穿着风格迥异的是，他一手拿刀，一手拿铁锤。男人一副想把飘落的雪都刺穿的模样，非常用力地挥舞着双手。接着就看到那男人走向合唱团，有几个人匆匆拿出了电话。

　　男人转过头，视线停在母亲和外婆身上，他改变了方向。外婆把母亲抓过来，但随即眼前发生了令人难以置信的事。男人用铁锤敲打母亲的头，一下，两下，三下，四下。

母亲全身是血，倒在血泊里。我想推开门到外面去，但外婆一直大叫着用身体挡住门。男人将铁锤丢到地上，握着刀的另一只手不断地对空气挥舞。我用力地敲打玻璃门，而外婆使尽全力挡着门并摇着头，哭着不断地对我大喊什么。这时，男人走向外婆背后，外婆转身看见男人大吼一声，但仅有这一声。外婆宽阔的背遮住我的视线，玻璃上溅洒了鲜血，越来越红。我所能做的只是看着那道渐渐变得鲜红的玻璃门。事情发生时没有任何人挺身而出，远处看起来就像一幕冻结的景象，就好像男人与母亲还有外婆正上演一出戏剧，而大家都静静地看着，每个人都是观众，我也是其中之一。

18

受害者都跟男人没有任何关系。根据后来了解的结果，男人只是个过着极典型、极普通生活的"平凡人"。他大学毕业，在中小企业做了十几年的业务，却因经济不景气而遭到突如其来的组织变动。后来虽然拿退休金开了家炸鸡店，但不到两年就关门了。其间还欠了债，家人也都离开他，而后男人便足不出户，就这样过了三年半左右的时间。他住在半地下室，除了去附近超市买东西，偶尔去逛逛国立图书馆外，只待在家里。

他从图书馆借的书大部分是与武术、防身术，还有刀术等相关的书籍。而在他家里发现的，却是些成功的法则、如何养成正向思考习惯之类的自我启发性的书籍。男人空荡荡的桌上，放着一张好像故意要让人发现的，用又大又潦草的字写成的遗书。

今天，不管是谁，只要是笑着的人，都将跟我一起离开。

男人的日记里留有他憎恨这个世界的痕迹，每当他看到那些在这个让他感受不到快乐的世界上微笑着生活的人，他就兴起杀意。随着男人的生活和日记渐渐浮上台面，大众的关注焦点也从事件本身，转到他为什么不得不做出这种选择的社会层面。觉得自己的人生跟男人差不多的中年男子陷入叹息，对男人同情的舆论出现后，焦点便转移到发生这种事的韩国社会，而谁死了这些都不怎么重要了。

事件让新闻有东西可播报，打上了"是谁让这个男人变成了杀人犯""笑就该死的国家——韩国"等标题。然而，没过多久，就像泡沫破灭一样，人们就不再谈论这事了，而从发生到落幕不过才十天。

唯一幸存下来的人是母亲，但医生说她的大脑进入了深度睡眠，醒来的可能性极低；就算醒过来，也不再是我认识的母亲了。死者家属半推半就地合办了葬礼。除了我之外，所有人都在哭泣，那是站在惨死的罹难者家属面前，任谁都会有的表情和举止。

一名前来参加葬礼的女警向家属答完礼后便哭了起来，哭得一发不可收拾。没过多久，我看见她站在走廊深处被年纪较大的警察训斥："以后这种事不计其数，所以要学着迟钝一点。"那瞬间我们四目相交，他打住了原本要说的话，我则若无其事地行个礼后走向厕所。

葬礼这三天总能听见他们议论面无表情的我。那些人交头接耳地进行各种猜测：一定是打击太大才会这样的；还这么小哪懂什么啊；妈妈跟死人没两样，他现在就等同孤儿，应该是还没意识到这意味着什么才会这样吧。

也许别人期待我会感到悲伤、孤单或茫然。但对我来说，比起那些情绪，更多的其实是疑问。

到底什么事那么好笑，让母亲和外婆笑成那样？

如果没发生那件事，我们从冷面店出来后又会去哪儿呢？

那男人为什么要那么做？

为什么不去砸电视或是摔镜子，而要杀人？

为什么没人早一点出手相助？

为什么？

每天我都会拿这一个又一个问题问自己数万次，但最后都回到原点，从头来过，因为没有一个答案是我知道的。我也把心里的问题都告诉警察，还有忧心忡忡的心理咨询师，希望他们能说点什么，但是没有人能回答我。大多数人都沉默不语，有几个话说到一半又沉默不语。也是，既然没人知道答案，的确有可能会这样。外婆还有那个男人都死了，而母亲也进入永远无法说话的状态。我那些问题的答案也永远消失了，因此我决定不再把那些问题说出来。

能确定的是，母亲跟外婆都消失了，外婆的灵魂和肉体都消失了，母亲只剩躯壳。以后除了我，再也没有任何人会记得她们的人生，所以，我要活下去。

葬礼结束，确切来说，是在我生日后第八天。我多了一岁，就这样十七岁了。这次真的只剩自己一个人，留下来的只有堆在母亲旧书店里的无数书籍，其他大部分都没了。以后，在家装饰花灯和闪闪发亮的灯泡、默记"喜怒哀乐爱怨欲"表，还有为了庆祝生日出去吃饭、穿过人潮到市区的那些理由，都消失了。

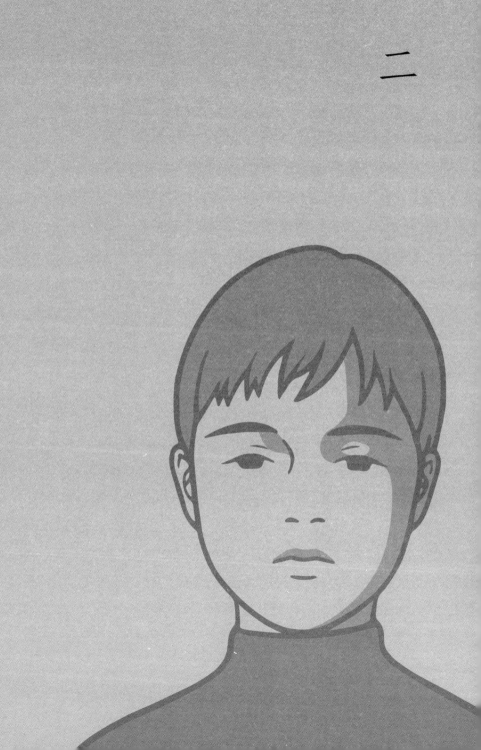

19

我每天都去医院报到，母亲静静地躺在那里，只是呼吸着。原本待在重症监护病房的母亲，没过多久便转到了六人房。我每天都坐在母亲旁边陪她晒太阳。

医生冷漠地说母亲不可能醒来，往后除了维持生命，也没什么意义了。护士面无表情地帮母亲清理大小便，我们两人合力定时帮母亲翻身，以避免身上出现褥疮，就像处理偌大的行李箱一般。医生要我做好决定后告诉他，我反问他这是什么意思。他说他是在问我，要继续支付住院费这样维持生命，还是要转移到比较低廉的郊外疗养院去。

外婆的死亡保险金供我短时间内吃住不成问题。那时我才知道，母亲担心留下我一个人，已经把这些都准备好了。

我去民政事务所申请外婆的死亡证明，那里的职员默默地转过头叹了口气。不久后民政事务所派来的社工找上门，看了家里的状况后，说因为还是青少年，所以有可能被送到机构，问我觉得如何，像少年之家或安置机构之类的地方。我请他们给我时间思考，其实要他们给我时间思考，并不是真的要在那段时间里思考，只是想争取些时间。

20

家里一片寂静，一整天都只能听见我自己的声音。虽然两人留下的文字都还贴在墙上，但失去教我的人，那些东西不过就是无意义的装饰品。我其实很清楚如果去机构的话，生活会变成怎样。虽然对我没差别，但想象不出母亲会变得如何。

我试着想象母亲会给我什么建议，但母亲无法回答。我反复回想母亲说过的话，试着从中找到提示。突然她最常说的话浮现出来：要活得"正常点"。

我漫无目的地翻找手机应用程序，其中有个"与手机聊天"的应用程序吸引了我的目光。一打开就跳出一个小小的聊天窗口，并出现一个迷你表情符号。

"你好。"

一送出信息马上跳出："你好。"

"过得好吗？"

下一句接着出现。

"嗯。你呢？"

"我也是。"

"Good。"

"怎样叫正常？"

"跟别人一样。"

沉默一会儿后，这次我写得比较多。

"跟别人一样是指什么？"

"每个人都不一样，要以谁为基准？"

"如果是母亲，她会对我说什么呢？"

"饭煮好了，出来吃吧。"

都不记得手有没有按到发送，答案便跳了出来。虽然试着继续聊下去，但都只是无意义的回复。不该找它问提示的，我没说再见就把应用程序关掉了。

离开学还有一段时间，在这之前我得习惯一个人的生活。

十五天后书店重新开张，一走近书柜灰尘便四处飞扬。偶尔会有客人经过，也有从网上买书的客人。我用不错的价钱买下事件发生前母亲想买的全套二手童话书，并把它们摆在最显眼的地方。

　　一整天不用说几句话反而更自在。不用思考，也不用为了应付不同情况编对话而绞尽脑汁，只要对客人说"是的""不是的""请稍等"，这样就够了。除此之外就是刷卡、找钱，还有像机器般地说"欢迎光临""谢谢光临"，就是这些了。

　　某天，一个在附近开托儿所的阿姨顺道经过，是以前偶尔会来找外婆聊天的阿姨。

　　"放寒假在打工啊。你外婆呢？"

　　"死了。"

　　阿姨张大嘴巴，眉头皱成一团。

　　"我知道你这年纪是有可能开这种玩笑的，但就算是这样，也不该这样说话啊！你这样外婆会怎么想！"

　　"是真的。"

　　阿姨双手抱胸提高嗓门说："那你说说看，什么时候又是怎么过世的？"

　　"被刀砍死的，在平安夜。"

　　"天哪……"她用双手捂住嘴巴。

　　"是电视上报的那个吗？老天爷也太无情了……"

阿姨迅速跑掉，好像怕被我传染什么，所以要赶紧躲开。我叫住了她。

"请等一下，您还没付钱呢。"

阿姨的脸突然涨红。

她走了以后，我想了一下在这种情况下母亲会希望我说什么。从阿姨的反应来看，我应该是做错了什么，但是哪个环节出错了，如果要挽回错误的话又该修正哪个部分，我完全没有概念。早知道就说出国旅游了，不对，如果那样说，爱管闲事的阿姨一定会继续追问。还是不应该收她钱？可是这样也不合理。沉默是金，这句俗谚还是参考一下。普通的问题都不该回答，但"普通"的定义是什么我也搞不清楚。

突然想起一本书。所谓文字，对外婆而言就像是路过的建筑物招牌，但竟有一本她在无意间看到且觉得有趣的书。我好不容易将在一九八六年卖两千五百韩元的手掌般大小的袖珍书找了出来。《玄镇健短篇选》①里的《B舍监和情书》。

B舍监会在半夜偷看学生的情书并轮流用男女声唱独角戏，而偷偷看着这场景的三个女学生反应则各异。一个觉得B舍监很可笑，在背后

———————————

① 玄镇健为韩国近代短篇小说的先驱者。

嘲笑她；一个则觉得B舍监很可怕，整个人瑟瑟发抖；最后一个则觉得B舍监很可怜，流下了眼泪。

虽然与母亲总是只给我一个答案的教育有些相违背，但我并不觉得这样的结局有什么不好。这就好像在告诉我们世上没有固定的答案，所以说当别人做出什么行为或说出什么话时，没有必要做出固定的回应。因为每个人都是不一样的，像我这样"脱离正常的反应"，说不定对某些人来说也算是正确答案。

我这么跟母亲说时，她愣住了。苦思许久后，母亲想出了答案。因为故事是以哭泣的女学生结尾，所以对于B舍监的适当反应，应该是第三个学生的"哭泣"才对。

"但不是有个叫破题式的东西吗？所以第一个学生的反应也有可能是对的吧？"

母亲挠挠头。我不服输地继续问："那妈妈，如果你看到B舍监的独角戏也会哭吗？"

一旁的外婆加入对话："你妈只要睡着，就算被人背走也没感觉，三更半夜是不会醒过来的，她一定是在房间睡觉的其他女学生之一啊。"

外婆哈哈大笑的声音仿佛就在耳边回荡着。

突然书被一层阴影覆盖，一名中年男子站在我面前，但一瞬间又消失了。柜台上留下一张字条，上面写着要我去二楼。

21

　　书店位于低矮的两层建筑物的一楼，二楼是面包店。面包店坐落在二楼并不是常见的事，而且老旧的招牌上也没有一个好名字，只写着"面包"。外婆第一次看到招牌时说这一看就不好吃，虽然我无法想象如何光看招牌就能猜测好不好吃。

　　总之在那里能买到的面包就是菠萝面包、牛奶面包、奶油面包，也不知道哪里来的自信，一到下午四点就立刻关店。尽管如此，店里生意仍然非常好，我也见过好几次人潮排到一楼的光景。也因为这样，有时排在最后面的客人还会顺便来逛一下我们的书店。

　　母亲偶尔也会买面包回来。面包外包装上印着"沈才英"，沈才英是面包店老板的名字，母亲叫他沈医生。外婆尝过味道后再也没说过面包很难吃。对我来说，嗯，就是那样，跟其他食物差不多。不过这还是我第一次进到店里。

　　沈医生给了我一个奶油面包，咬下去，就有小鸡颜色的绵密奶油溢出来。沈医生虽然才五十岁出头，但因为发色斑白，所以看起来有六十几岁。

"好吃吗？"

"吃起来有点味道。"

"太好了，至少不是没味道。"沈医生轻轻地笑了。

"您自己一个人顾店吗？"我环顾周遭后这么问。店里没什么有设计感的地方，空荡荡的店里只有陈列区、结账区和一个餐桌。放在中间的烤盘架，好像是在后面揉好面团后拿来烘烤的地方。

"嗯，我是这里的老板，也是唯一的员工。这样比较自在，也有这么做的价值。"

不必要的冗长回答。"但您为什么要找我？"

医生倒了牛奶给我。"对于发生在你身上的事，我感到很遗憾。我烦恼了很久，想说看能不能帮上点忙，所以找你来这儿。"

"怎么帮？"

"怎么说呢……虽然初次见面可能不太好开口，但你有没有什么需要帮忙或是要拜托的事情呢？"

从刚刚开始沈医生便一直用手指嗒嗒地敲着桌子，好像是习惯动作，但一直听着让人觉得很不舒服。

"希望您不要再发出那个声音了。"

医生透过眼镜看着我笑了笑。

"你听过第欧根尼吗?你让我想起了那故事。亚历山大三世跟他说不管什么请求都能答应时,他居然回说,大王的影子挡住了太阳,请大王靠边站。"

"但我看着您并没有想起亚历山大三世。"

这次医生放声大笑。"你母亲常说你的事,说你是个特别的孩子。"

特别。我大概能猜到母亲是怎么解释那个词的意思。医生双手交握。

"用手敲桌子的动作虽然现在能暂停,但这是习惯,所以不好改,而且我想提供的是更具持续性的帮助。"

"更具持续性的?"

"一个人生活有困难的话,我可以在经济上帮助你。"

"我还有保险,暂时没问题。"

"你母亲常跟我说万一你遇到什么事,要我好好照顾你。我们其实感情很好的,你母亲曾是个会让人心情变好的人。"

我注意到他用了过去式。"您去见过她了吗?去医院。"

沈医生点点头，嘴角微微下垂。如果对母亲的事感到伤心，说不定母亲会有点开心，因为那是母亲教我的秘诀。别人跟我一起感到难过的话，就是值得开心的事。她说那是负负得正的原理。

"但为什么要叫您医生呢？"

"因为我以前是医生，虽然现在不是了。"

"真是有趣的转行啊。"

医生又哈哈大笑。后来我才知道，就算我说出的话不是故意想要幽默，医生还是很容易被逗笑。

"你喜欢书吗？"

"嗯，之前也在店里帮妈妈。"

"那这样吧，你继续开店。这栋建筑物是我的，算是给我打工，我会付你薪水。死亡保险金就留到你上大学或有其他重要的大事时再用，生活费先用打工的钱顶吧。只要你同意，其他复杂的事情都交给我来处理。"

我说要想一下，就像我对找来家里的社工说的一样。只要有人提出不常见的建议就要先拖时间，我是这么学的。

"只要有困难随时都能跟我说。跟你聊天比想象中有趣，让我有点讶异。事已至此，就尽量多卖点书吧。"

离开前我问他："您跟我母亲交往过吗？"

医生眼睛一下子瞪大又眯起。"你是这样想的吗？我们是朋友，很要好的朋友。"

他脸上的笑意慢慢地消失。

22

我同意了沈医生的建议，从各方面来看对我好像都没什么坏处，之后也没再发生什么窘迫的状况，日子顺利地过着。我为了遵守试着提高营业收入的承诺，每天都在搜寻热卖的书籍或公务员考试用书并确保库存有余，就这样时间一天天过去。天气很冷时，也会遇到完全没客人、连一句话都说不上的情况。偶尔觉得口渴喝水时，还会有股甜味冲上鼻子。

桌边小相框里的我们，一点也没变，开心地笑着的母女俩还有面无表情的我。有时我常会幻想外婆跟母亲也许只是去旅行，当然我也清楚那是一场永无尽头的旅行。她们曾是我世界的全部，但在她们离开后我发现，原来还会有其他人，一个接一个，慢慢地出现在我生命里。第一个人就是沈医生。医生路过书店偶尔会给我面包，或是握住我的肩膀叫我加油，明明我也没怎么"漏油"。

太阳下山后就去找母亲。母亲像森林里沉睡的公主，只是躺在那里。如果母亲知道现在这种情况的话，会希望我做什么呢？希望我整天都守在病床边，每隔几小时就帮她翻身？应该不是。她会希望我去上学，因为那是符合我年纪的"正常"生活。所以我决定要继续上课。

凛冽的寒风渐渐失去元气，雪融了，接着情人节也过了，大家的外套渐渐变薄，初中生也都毕业了。电视和电台连续数日都在聊着不知道这个一月、二月是怎么过的。

就这样进入三月。幼儿园小朋友变成了小学生，小学生升上初中。我也前往新的学校准备当个高中生，又要每天见到老师跟同学了。

于是，事情慢慢地出现了变化。

23

新转入的高中是创立二十年左右的男女合校，虽然没有很高的名牌大学录取率，但也没有什么很强势的学生或不好的传闻。

　　沈医生说要陪我一起参加开学典礼，但被我拒绝了。我独自站在远处看着再常见不过的开学典礼。大楼是红色的，因为最近重新装修，整栋建筑物都充斥着油漆味和建材味。校服穿起来还很硬挺，不太合身。

　　学期正式开始的隔天，我被班主任叫去。是个刚工作两年左右的女老师，看起来大约比我大十岁，教化学。班主任像被人丢出去似的，重重地坐在咨询室里一张老旧的紫沙发上，扬起很多灰尘。老师掰着手指发出咔咔声，接着干咳一声。虽然在这儿她是老师，但说不定在家是备受疼爱的老幺。在持续的干咳声渐渐令人感到不悦时，老师开口了。"很累吧？我能帮你什么？"

　　班主任大略知道发生在我身上的事，好像是因为心理咨询师以及看护人员联络了学校。班主任一说完我便接着说："没关系的。"

　　不知道是不是因为这意料之外的回答，班主任撇了撇嘴，眉头也微微皱起。

　　隔天班会时间便出了事。班主任这段时间好像为了记大家的名字很痛苦，但也没人为此感动，因为她辛苦记下的名字只会用在那个谁谁谁安静点、那个谁谁谁你可以坐下吗这类事情上而已。可以确定的是，她是个天生无法吸引学生注意力的人。不知道每三秒干咳一次是不是她的习惯动作，说话时不断发出咳嗽声。

"对了，还有，"班主任突然提高声调，"我们班有同学经历了非常令人痛心的事，是在圣诞节失去家人的孩子。大家给他一些鼓励的掌声，鲜允载，站起来。"

我照着班主任的要求站了起来。

"允载啊，加油。"班主任先带头高举双手拍了拍，就像综艺节目里看到的，在录制现场指挥观众拍手的现场导演。

孩子们的反应很冷清，可以看到他们要拍不拍的，只是做做样子，其中有几个比较用心，还能听见些许掌声。掌声很快就结束了，接踵而至的只有在逼近高峰的寂静中盯着我看的数十双瞳孔。

昨天班主任问我需要什么帮助时，我回答说没关系，看来是说错了。"不要多管闲事就是帮我了。"应该这样回答的。

24

关于我的谣言很快就传开了。在搜索栏打上"平安夜"，就会跳出

"平安夜杀人""平安夜事件"等关键词，也能发现许多有关失去母亲与外婆的十七岁鲜姓少年的新闻。在葬礼上被拍下的照片虽然经过马赛克处理，但技术粗劣，所以只要是认识我的人就能一眼看出。

同学们的反应很多样，有的远远地在走廊那端对我指指点点，等我经过时更是公然窃窃私语；也有人在午餐时间故意坐到我旁边或跟我搭讪。上课时我只要转头就一定会碰到什么人在看着我。

有一天一个少年说出了大家都想知道的事。那是在吃完午饭准备回教室的路上，走廊窗外摇曳着小小的影子，树枝似碰非碰地在窗外来回摆动着，树枝尾端长出小小的牡丹花，我打开门让树枝转向另一边，想让花照到阳光。就在那时，突然有个洪亮的声音在走廊上响起："喂，你妈死在你面前时，你什么感觉啊？"

我朝着声音来源转过身去，是个瘦小的少年。是上课时爱顶老师嘴，期望自己的行为会给大家带来什么影响的那种人，处处可见的那种类型。

"我妈没死，死的是我外婆。"

我回答完，他便从嘴里"哦"的一声发出感叹，扫视一下周围，跟几个视线交错的人一起咯咯地笑起来。

"是这样啊，抱歉，那我重问。你外婆死在你面前时，你是什么感觉？"他又重问了一遍。旁边几个女孩子揶揄地发出"哎哟""干吗这样"的声音。

"干吗，你们不是也想知道吗？"他双手一摊，耸耸肩说。

"想知道？"

没人回答，大家只是静静地站着。

"没什么感觉。"

我把窗户关上回到教室。虽然周遭很快又吵嚷起来，但已回不到一分钟之前了。

25

那天以后，我变得稍有名气，当然以一般标准来看的话，并不是什么好的名气。经过走廊时，同学们就像海被切开一样往两旁回避，到处都能听见窃窃私语的声音。"就是他，那个人啊，长得还蛮普通的嘛"之类的话。为了看我而跑到高一走廊的不光有高二的学生，还有高三的学生。他们说我目睹杀人过程，就算亲眼看着家人血流不止，眼里也没有一丝害怕。

很快谣言的雪球越滚越大，还有人声称自己小学、初中跟我同班，目睹过我的行为。所有谣言都极为夸张，比如，我的智商200，靠近我的话可能会被砍，甚至还有人说外婆跟母亲是我杀的。

母亲常说集体生活总要有替罪羊，她以前对我的那些教育，也是因为我当替罪羊的概率很高。在母亲与外婆离开后的今日，她的预言成真了。同学们很快就发现不管说什么，我都不会有反应，于是就毫无顾忌地开始冲我问各种问题或开各种烦人的玩笑。他们对付我的手段越来越多样，而我已经没有帮我编对话的母亲，所以束手无策。

教师会议中也议论我，不是因为我做了什么高调的事，好像是因为我的存在让教室的气氛变得乱糟糟的，所以家长打电话来抗议。老师们不太能理解我的状态，不久后沈医生来学校跟班主任聊了很长时间，那天晚上我们在中国料理店面对面坐着，中间放着一碗炸酱面。等到炸酱面快吃完时，沈医生开始进入正题。虽然拐弯抹角地绕了一大圈，但简单来讲，就是学校这个地方不太适合我。

"是叫我不要再去上学的意思吗？"

沈医生摇摇头说："没有任何人能叫你这么做。我的意思是，在你成为大人前还能不能继续承受现在这种遭遇？"

"我没什么。您也知道我是什么情况，不是吗？既然我妈妈跟您说过。"

"你母亲一定也不希望你这样过日子。"

"我妈妈希望我过得正常点，虽然有时我不太懂那是什么意思。"

"换句话说，不就是希望你过得平凡点吗？"

"平凡……"

我喃喃自语着，说不定就是这样的。跟别人一样的、没有曲折而常见的。平凡地上学，然后平凡地毕了业，运气好的话还能上大学，找到一份不错的工作，还能跟心仪的女孩子结婚组成一个家庭，再生个孩子，诸如此类。这跟不要高调是一脉相通的。

"父母对孩子都有很多期望，但如果达不到就会希望孩子平凡点，因为他们觉得那是最基本的。但老实说，平凡才是最难实现的价值。"

仔细想想，说不定外婆对母亲的期许也是平凡，因为母亲也没做到。照医生的话看，"平凡"是个很刁钻的词。大家都以为"平凡"没什么，总是轻易挂在嘴边，但又有几个人能拥有其中蕴含的平顺呢？对我而言更是困难，因为我的出生就不平凡，也不是不平凡，就是个在灰色地带的奇怪小孩而已。所以我决定挑战一下，让自己变得平凡。

"我要继续上学。"

这是那天谈话的结论。沈医生点点头。

"问题是该怎么做。我能给你的建议就是这个，头脑这种东西是越用越灵活的。往坏处发展，邪恶的头脑就会更发达；往好处发展，善良的头脑就会更健全。我听说你大脑的某部分比别人脆弱，但只要练习就一定会有所变化。"

"我已经在充分地练习了，比如说像这样。"

嘴角迅速往两侧上扬。虽然我也知道我的微笑跟别人不太一样。

"跟你妈说说话吧。"

"说什么？"

"说你已经上高中，在好好上学。你妈一定会很开心的。"

"没有必要，因为她什么都听不到。"

沈医生不再说话，因为他也无法反驳我所说的。

26

窗外，雨不停地落下，是春雨。母亲喜欢雨，她说雨的味道很香，但现在她既听不到雨的声音，也闻不到雨的味道了。所谓雨的味道，其实就是干燥的柏油路上散发出来的泥土味。我静静地坐在母亲身旁握着她的手，母亲的皮肤逐渐变得粗糙，我帮她在脸颊和手背上涂抹玫瑰香味的乳液。离开病房搭上电梯前往餐厅，电梯门打开那一瞬间，视线与一名男子交接。他是带我认识怪物的人，也是把那少年带入我生命中的男人。

是有着一头银发的中年男子。虽然穿着干净利落，但肩膀下垂，双眼混浊充满水汽。表情开朗一点的话，算得上很帅的脸庞，但他面容凹瘦又阴暗。

看到我，男人的眼睛便剧烈地左右晃动。有一种早晚会再相遇的预感。我也知道"预感"这个词不适合我，确切来说，我是"感受"不到预感的。

但严格说起来，所谓预感也不是"突然感受到"的事情。我们在生活中的体验会在不知不觉间区分成条件和结果，它们会累积起来。在我们遇到类似情况时，就会下意识地根据条件预测结果。所以说所谓预感，其实是非常因果论的。就像知道把水果放到果汁机里搅拌会变成果汁一样，男人看我的眼神也给了我那种"预感"。

之后每次去医院都会遇到那人，不管是在餐厅还是在走廊，只要意识到背后有视线盯着，转过头时总会看到他一直望着我。好像有话要说，又像是在观察我。所以当他直接到书店找我时，我也若无其事地打了招呼："欢迎光临。"

男人微微点头后便开始悠闲地在书架间逛起来。每一步都很沉重，他经过哲学类，在文化类停留一阵子后，抽了本书拿到柜台。

虽然脸上充满笑容，但不知为何男人好像没办法正视我的双眼。母亲说过，那是代表"觉得不安"。他拿出书问了问价钱。

"一百万①。"

"比想象中还要贵呢。"男人把书前后翻了翻。

"这本书有那样的价值吗？又不是初版，不过反正都是翻译书，就算说是初版看来也没什么意义。"

书名是《德米安》②。

"总之价格就是一百万。"

那是母亲的书，初中时就摆在母亲书柜里的书，让母亲怀抱写作渴望的书，是非卖品。居然挑中这本，只能说实在很了不起。男人倒抽一口气，胡子好像刚刮没几天，还有些许胡楂。

"看来我得先自我介绍一下。我叫允权浩，在大学教管理学。上网

---

① 人民币六千元左右。
② 赫尔曼·黑塞的作品。

查也能查到，我不是在炫耀，只是想说我的身份是可信的。”

“我知道你，在医院不是见过几次面吗？”

男人的表情变得柔和。“谢谢你记得我。我见过你的监护人沈医生了，也听说了发生在你身上的憾事，还有你是个特别的孩子的事。沈医生让我直接来找你谈谈，所以我就来了，我其实有事想拜托你。”

“什么事？”

他沉默了好一阵子才说：“该从哪里开始说起呢……”

“不是说有事要拜托我吗？那就说要拜托我什么就可以了。”

“你还真像沈医生说的头脑清晰啊。”男人笑了下，“你母亲身体不好吧？我妻子现在也躺在病床上。我妻子就要走了，也许这几天就……”

男人的背如虾子般慢慢蜷曲起来，调整下呼吸后又重新开口说道：“我有两件事想拜托你。一是希望你能跟我一起去见我妻子；二是……”男人再度深吸一口气，“你可以在我妻子面前假扮我儿子吗？不会太难的，只要照我的意思说几句话就行。”

不是很常见的请求，不常听到也很奇怪的请求，于是我问了原因。男人站起来绕了书店一圈，好像是个说什么话之前都需要时间思考的人。

　　"我们在十三年前失去了儿子。"男人开了口，"为了找到孩子，我们尽了一切努力，但都没有用。我们家境不错，我留学回来后很早就当上了教授，妻子在职场上也很杰出。我们都认为这就是成功的人生，但失去孩子后一切都变了。我们的关系日渐疏远，妻子也生了病，对我来说真的是很难熬的一段时间。我也不知道我为什么现在要跟你说这些……"

　　"所以呢？"我问道，并且希望男人的话不要拖太长。

　　"但不久前我接到一通电话，说有可能是我儿子。所以我就去见他……"男人打住了话，好长一段时间紧闭双唇不语，"我希望我妻子离世前可以再见到儿子，见到她想象中的儿子。"男人在"想象中"上加重了语气。

　　"难道找到的儿子不是想象中的样子吗？"

　　"不好说，不，是很难说明。"他低下了头。

　　"那为什么是我？"

　　"你看这照片。"他拿出一张纸，是寻找失踪儿童的传单。在一张看起来是三四岁小孩的照片旁，有张大概是近照。嗯，要说跟我像的话，好像真的有点像，但不是五官，而是整体气质。

　　"找到的儿子不长这样吗？"因为无法理解所以又问了一次。

"不是，长得跟这张照片上的差不多。可以说跟你长得有点像，但那孩子现在不是能见自己母亲的状态。真的拜托了，只要帮我这次……我会帮你妈转到更好的病房，也会帮你们请看护。除此之外，如果你还想要什么，只要我能做到，我都可以答应你。"

男人的双眼噙着泪水。我则一如往常地回答说，我会考虑一下。

他并没有说谎，在网络上很容易就能查到他的职业、家庭关系，以及儿子走失的事。"如果没什么危害就帮个忙。"我突然想起外婆的建议，于是隔天，他再次前来时，我点了点头。

但如果我先认识坤，就不会做出那样的决定了。因为决定了那么做，我好像把什么东西从坤身边永远地抢走了，虽然我并不是故意的。

27

各式各样的花装饰着病房，四处点亮的灯泡温暖地发着光。跟母亲住的六人房完全不同等级，不像是病房，倒像是在电影里看到的饭店房间。阿姨好像是爱花之人，但我却因为花香感到头痛，就连壁纸都是花纹，看得眼花缭乱的。我听说医院是禁止插花的，但看来也有通融的情况。

叔叔牵着我的手缓缓走向病床。被花包围的阿姨就像躺在棺材里的人，仔细看阿姨的脸，跟电影里病危患者的脸差不多。从窗外透进来的阳光也无法将印在脸上的灰影擦去。她朝我伸出树枝般干瘦的手，手碰到我的脸颊，是只感觉不到生命气息的手。

"原来是你，是你啊，以修。我的儿子，我可爱的儿子。怎么现在才来……"阿姨哭个不停。我有点惊讶那样的身体居然还有哭的力气。她每次颤抖着肩膀时，我都有种她是不是会化作尘埃消失的感觉。

"对不起。我，妈妈我啊，真的还有很多事想跟你一起做，真的。想跟你一起吃饭、一起旅行，还想跟你一起度过你成长的每一刻……但生活总不如我们想象的顺遂，还好你健康地长大了，谢谢你。"

阿姨不断重复说着"谢谢"和"对不起"十几次后又哭了起来，接着努力地挤出笑容。在那里的半小时，阿姨一直握着我的手，摸着我的脸，好像想把所剩不多的生命气息都倾注到我身上。

我没有说太多话。在阿姨说话的空当，叔叔使了个眼色，那时我就将事先准备好的台词说出来。"我在不错的家庭没什么烦恼地长大，以后会跟着爸爸用功读书，所以不用担心我。"接着再装出淡淡的微笑。不知道是不是力气用尽，阿姨的眼睛渐渐闭上。

"我可以抱抱你吗？"

那是阿姨对我说的最后一句话。她用那枯枝般瘦骨嶙峋的双手紧紧抱住我的背，我就像掉入坚固的陷阱里脱不了身。她的心跳声传达到我身上，非常炽热。很快阿姨的手便无力地松开了。她睡着了，旁边的护士这么说。

28

据说阿姨曾是很有名的记者，才华横溢而且勇于提出别人不敢提的问题，让对方乱了阵脚。她是个既精明又充满活力的人，但因为工作繁忙，不得不请人帮忙照顾孩子，这件事让她一直很放心不下。

那天，阿姨好不容易休假，跟孩子一起去了游乐园。抱着孩子坐上一直转圈圈的旋转木马，那是个阳光明媚、令人愉快的出游日。这时阿姨的电话响起，她一手牵着说要再坐一次的孩子下了马，一手接起电话。通话时间很短，但挂断电话后就没看见孩子，就连是什么时候放开他的手的记忆都没有。

那是个还不像现在这样到处都安装了监控器的年代，再加上有不少死角，找了很久仍没有孩子的行踪。夫妻俩为了找到孩子付出了一切

努力，但希望越来越渺茫，只能祈祷他还活着。事已至此，只希望他到
了一个好家庭，但他们日日夜夜都被可怕的想象纠缠着。阿姨不断地责
怪自己，终于领悟到自己所追求的成功，只不过是外表华丽的海市蜃楼
罢了。

　　不断的自责让她病倒了。叔叔虽然认为孩子走丢，妻子要负很大的
责任，但因为他也是个寂寞的人，并不想连妻子也失去，只是也已经很
久不曾对生病的妻子说"总有一天儿子会回来的"这样的话。

　　在见到我以前，叔叔，也就是允教授，接到某个安置机构的电话。
在得知有个孩子可能是自己儿子的消息后，他去了机构，重新见到了整
整十三年没见面的亲生儿子。但儿子当下的情况并不适合与母亲相认，
因为那孩子，正是坤。

29

　　是把仅存的力气全都用在我身上了吗？那天在我看完阿姨之后，
她便陷入昏迷状态，没过几天就过世了。告知我阿姨死讯的允教授，他
的声音既低沉又安静。能够如此转达亲近家人死亡消息的人并不多，只

有像我这种哪里坏掉的人，或是在那人死之前就已经把她从心里送走的人，才可能做得到。而叔叔正属于后者。

我不知道我为什么去了葬礼，其实并不需要这么做，但还是去了，可能是因为阿姨把我抱得太紧。

阿姨的葬礼跟外婆的葬礼景象非常不同，外婆的葬礼是合办的，所以很混乱，而且当时站在外婆遗照前的只有我一人。但阿姨的葬礼让我联想到很久不见的朋友聚在一起的同学会，每个人都打扮得很干净且穿着正装，好像都拥有与"教养"一词相符的职业和口吻。从他们叫彼此的称呼中，时常能听到教授、医生、理事、代表这类职称。

遗照里的阿姨与病床上的她判若两人。嘴唇红润、发量茂盛、两颊圆滚滚的，眼神就像点了蜡烛一样明亮，但照片上阿姨的脸太年轻了。拿三十岁出头的照片当作遗照的理由是什么？叔叔好像察觉到我的疑惑，回答说："那是小孩走丢前的照片。在那之后，找不到任何一张有那样表情的照片了。我的妻子也希望放那张照片。"

我上完香行了礼，完成了阿姨死前一直盼望着的、再见到自己的儿子的心愿。至少她是那样想着才离开的，如果知道事实的话，她会变得更不幸吗？

就这样，我认为自己完成了所有该做的事。正要转身时，空气突然变得冷清，那样的氛围以迅雷不及掩耳的速度扩散开来，好像被带有强大力量的沉默袭击一般，人们一致闭上嘴，或者半张着的嘴停住了。他们的视线就像约好了一样，朝那方向看去。那里站着一个男孩。

30

有个精瘦矮小的男孩双手握拳站在那里；相较其体形，他的手脚看起来特别长。体格很结实，酷似漫画《小拳王》中的矢吹丈[①]，但不是那种勤奋运动练出来的身材，而是像纪录片里每天翻找着垃圾堆或跟着游客乞讨美元的可怜孩子一样，为了生存而四处奔跑的体格。他黝黑的皮肤上没有一点光泽，眉毛如影子般浓厚，再往下是如围棋棋子般黑得透亮的瞳孔，正怒视着世界。那是会让人开不了口的眼神，仿佛在没有敌意的人面前，先露出利牙，要把猎物杀掉的猛兽一样。

那孩子对着地上"呸"的一声吐了口口水，吐口水好像是他的打

_____

① 著名日本漫画的主人公。

招呼方式。前不久第一次见到他的那天，他也做了一样的动作。确切来说，在葬礼上是第二次见面。

前几天班上来了个转学生。教室门打开后，在班主任后跟着一名体格瘦小的孩子，那人就是坤。双手抱胸、脚站三七步，代表在不认识的人面前也毫不畏惧的姿态。班主任结结巴巴地说他是转学过来的，说到一半要坤自我介绍，结果坤默默把重心移到另一只脚上说："老师介绍就好了。"

说完全班便哄堂大笑，欢呼声中还夹杂着掌声。

班主任脸红地挥了挥手说："他叫允以修。跟大家打个招呼吧。"

听到那句话后，坤回说："嗯，好吧……"接着扭动脖子，用舌头在脸颊两侧绕一圈，跟着嗤笑一声，撇过头去"呸"地吐了口口水，"这样可以了吧？"

教室里传来不满的抱怨声，其中还夹杂着一些脏话，这跟刚刚有点不同。在这种情况下，一般来说班主任应该给点警告或是叫他跟着去教务处，但不知道怎么回事，班主任默默地把头转开，硬吞下去的话好像满溢到了脸上，让脸看起来更红了。坤自我介绍完一小时后就早退了。

很快大家展开人肉搜索，不到半小时，坤之前在哪里做过什么，几乎都被了解了。有个人还把从亲戚那儿得来的几个情报也泄露了出去。

那人的亲戚现在念的学校，就是坤从少年管教所出来后、到这里来之前上的那所学校。那名学生给亲戚打了电话，在其他人的要求下，电话以免提的方式直播。大家久违地团结起来围坐成一圈，还有人为了听得更清楚坐到了桌子上。虽然我离得很远，但有句话我听得很清楚："那家伙完全是个流氓啊，我看除了杀人外，什么都做过吧。"

有人开玩笑地对我说："喂，怪物，这下怎么办？你的时代要结束了啊。"

隔天坤推开教室门进来时，大家一齐安静下来。坤一句话也不说就走向自己的位子，每个人不是回避视线，就是假装把头埋到书里。本来以为会就这样坐下的坤，突然把书包一丢后说："是谁？"好像是察觉到昨天的骚动了。"把我身家都抖出来的是哪个臭小子？最好自己站出来。"

空气瞬间凝固。这时最开始的情报提供人边发抖边站了起来。"不……不是啦……是我亲戚说知道你……"

那人的声音越来越小。坤又用舌头绕了脸颊两侧几圈后说："谢啦，托你的福，我也不用再介绍自己了，我就是那种人。"

坤咚地坐了下来。

阿姨被宣告不治的那天，坤并没有来学校，说是家人死了。我完全没想到坤就是她儿子。那个阿姨直到离世前都以为我是她的儿子，她的亲生儿子。

31

坤穿过人潮，在自己母亲遗照前鞠了躬。没发生什么事。在允教授的引导下，从上香、敬酒到鞠躬，一下子就完成了。所有的动作都太快，礼也只行一次就马上站起来敷衍地点了个头。允教授推了推坤的背要他再行一次礼，但他用身体推开那只手走向别处。

允教授劝我吃完再走，于是我坐到了桌前。跟过节时母亲做的料理种类差不多，有热汤、煎饼、裹着蜂蜜的年糕和水果。我也不知道是不是饿了，狼吞虎咽地吃了起来。

人总是忘记自己说别人闲话时声音有多大，即使说话的人很小声，那些话大部分还是会一字不漏地进入别人的耳朵里。吃饭时，关于坤的话题不断地散落在空气里，像他丧礼第二天才出现是因为他不

想去，一出管教所就闯了祸，为了帮他转学不知道花了多少钱，扮演
儿子角色的其实另有其人等话语闹哄哄地在空气中回荡。我背对着他们
坐在角落，默默地坚守自己的位置。虽然不知道为什么，但总觉得该这
么做。

　　到了晚上，等到来吊丧的宾客渐渐离去后，坤又出现了。眼睛好像
认定谁似的紧盯着我，坐到了我面前。他一句话也不说，咕噜噜地吃光
两碗辣牛肉汤，最后擦了擦脸上的汗说："是你吗？帮我扮演儿子角色
的家伙。"

　　不需要回答，因为下一句也被坤抢走了。"以后的日子有你受的，
嗯，也说不定会很有趣。"

　　坤冷笑一声站了起来。隔天，真正的以后，就这样开始了。

32

　　坤身边跟着两个人，一个瘦巴巴的，负责把坤的话传达给其他人；
另一个体格比较健硕的，一看就知道是负责炫耀力气的。三人看起来
不是很要好，与其说是朋友，不如说更像是因为某种契约或目的才走在

一起。

　　总之，坤好像是把折磨我当成新的乐趣了。他就像打开箱子会突然跳出来的玩偶一样，时不时出现在我面前。偶尔会埋伏在福利院揍我一拳，有时又站在走廊尽头用脚绊倒我。每当这些芝麻绿豆般的计划成功时，坤就像收到大礼物一样笑得很灿烂，而站在一旁的两人，也边看坤的脸色边迎合地跟着大笑。

　　我则一如既往地不回应。渐渐地，害怕坤并觉得我可怜的人越来越多，但没有人向老师报告。一方面是他们评估后发现后果难以承担的想法起到了一定作用，另一方面从我的反应看来，也不像需要帮忙的样子。最后舆论倾向于"两个人都很奇怪，还是看热闹吧"。

　　坤想从我这儿得到什么反应其实显而易见。小学、初中时都有这种人，想看被欺负的人脸肿成一团，期望看到对方哭着说拜托住手，而那些人大部分都靠力量得到自己想要的东西。但是我知道，如果坤想要的是在我的脸上看到一丝表情的变化，那他永远赢不了我。我也知道，越是这样，他反而越疲惫。

　　没多久，坤好像发现我是个非比寻常的对象，虽然他持续对我动手动脚，但已经不再是之前那副威风凛凛的表情了。"是不是怕了啊？看起来好焦躁。"孩子们偷偷在坤背后议论纷纷。我毫无反应、没有找人帮忙，随着时间越来越长，教室里的气氛也跟着沸腾起来。

不久后，不知道是不是累了，坤不再绊倒我，也不再从后面偷打我，而是正式"下战帖"。班主任交代完事情一离开，瘦子马上跑到黑板前开始写东西，黑板上以歪斜的字体写着：明天午餐后，焚火炉前。

教室里响起坤得意扬扬的声音。

"我话都挑明了啊，所以你自己选吧。不想挨打的话就躲起来，如果你没出现，我就当作你吓跑了，以后也不会再烦你。但如果你来了，就准备受死吧。"

我没回话，背起书包站了起来。坤把书砸到我背上。

"听懂没有啊？你这神经病，不想挨打就给我躲起来。"坤气喘吁吁，愤怒到脸红脖子粗。

我默默地问道："我为什么要躲你？我会照着之前的路走，如果你不在那里，那就没事；如果在，那我们就会遇到。"

不顾背后那些谩骂，我走出教室，但满脑子想的都是，坤一直在用这些烦人的手段折磨着自己。

33

全校学生都知道我与坤的决斗。一大早整个校园里闹哄哄的，偶尔从他们嘴里说出的话都在暗示着，午休时间会有什么事情发生。有人嚷着说："啊，时间过得真慢！"也有人说："鲜允载怎么可能会去？"还有人打赌谁会赢。我毫不在乎地开始上课，在我看来，时间既没变快，也没变慢，就像平常一样流逝。接着第四堂课结束，午休时间的铃声响起。

在学生餐厅里，没有人坐我旁边。到这里都跟平常一样。吃完饭一站起来，远远就看到几个人跟着我站起来。我一走，跟在我后面的人群也渐渐变多。离开餐厅要回教室的话，走焚化炉那条是捷径，我慢慢朝那边走去。坤就站在那里，没有那些小跟班，就他自己一个人。他原本在用脚乱踢着树枝，一看到我就停下来。尽管距离很远，仍可见到他双手握拳的样子。随着我与坤的距离逐渐缩小，本来跟在我身后的那些人，就像无意义的灰尘般三三两两地散开来。

坤的表情有点复杂，看似生气但嘴巴闭得过紧；说是难过眼尾又太上扬，这种表情该如何解读？

"怕了怕了，看来是吓到了，允以修那小子。"有人大叫着。

　　现在坤和我之间的距离只差几步了，我保持既有速度继续前进。每次吃完饭都很想睡，一心只想赶快回去教室趴着午睡。不经意间坤也像那些无意义的风景一样从我身旁飘过。"哦！"突然听见一些学生的叫喊声，接着后脑勺传来一阵声响。好像是手不小心挥到，所以并不觉得痛，但还没转过头去，我就被踹了一脚，身体向前打了个趔趄。

　　"我明明，叫你躲开了，不是吗？妈的！这是，你，自，找，的。"

　　他每说一句就踢一下，我身体被他踢得嚯嚯作响，随着次数变多，强度也渐渐变强。没多久我便倒在地上发出呻吟声，口腔里积满了血。但我最终没能露出他想要的表情。

　　"你这家伙到底是什么东西啊？你这疯子！神经病！"坤一脸欲哭无泪的样子大吼着，本来在一旁看热闹的学生也开始吵闹起来。"这样下去不行啊，喂，谁去找一下班主任啊！"吵闹中有几个声音听得较清楚，听到那些声音坤便转向他们。

　　"谁？不要在背后叽叽喳喳，给我站出来，你们这些狗崽子，啊？"

　　坤把视线所及散落一地的物品捡起来朝其他人乱丢过去，空罐、木片，还有玻璃瓶等都被丢到空中又掉到地上。他们吓得大叫着跑掉。这景象好眼熟，外婆、母亲，还有路人在那件事情发生时的反应都跟现在很像。我得阻止，嘴里满是鲜血，于是我集中吐了一口口水后说："住手。你想要的我做不到。"

"你说什么？"坤气喘吁吁地问。

"如果要做到你想要的，我必须靠表演，但那对我来说太难了，是不可能的。所以说住手吧，虽然大家表面上看起来好像在怕你，但其实心里都在嘲笑你。"

坤转头环顾四周，霎时时间就像静止了，一片寂静。坤的背好像满怀恨意的小猫一样弓起。"妈的，你们都去死！"

跟着坤便开始破口大骂，从他嘴里吐出来的一如既往都是脏话。诅咒、脏话，光用这些已无法表现他的疯狂。

34

坤的本名是以修，那是他妈妈帮他取的名字。但坤说印象中没有人叫过自己以修，而且以修这个名字听起来很脆弱，所以他也不喜欢。他说自己的几个绰号中，最喜欢的就是坤这个名字。

坤最早的记忆是在一个陌生的地方，许多人用各种语言说话的地方，年幼的坤并不知道自己为什么会出现在那里，只觉得很吵闹。他跟一对中国老夫妇一起住在大林洞①的贫民窟，他们叫他哲阳。有好几年坤都没有离开过那个地方，这也是为什么前几年都找不到坤的下落。

老夫妇在出入境管理局做完审查后便销声匿迹，坤则被辗转送到各处，最后去了儿童之家。因为大家都以为他是那老夫妇的亲孙子，加上也没有官方记录说他们已经回中国，所以也没有人去调查或是找他的亲生父母。

在儿童之家待了一段时间后，坤被一个没有小孩的家庭领养，在那里坤被取名为东久。家境不算好，而且他们在自己的小孩出生两年后，便跟坤断绝了关系。后来坤又回到儿童之家，其间闯了大大小小的祸，进出过好几次管教所。坤这个名字是他自己在一个叫"希望院"的地方取的。

"有什么含义吗？"

"没，我不懂那些复杂的东西，只是突然想到这名字。"

说完便笑了一下，坤就是这样的孩子。我也觉得"坤"这个名字，比起哲阳、东久还有以修这些名字，更有"坤"的味道。

因为焚化炉事件，坤受到处分停学一周。那天如果真的没有人去跟

---

　　①　位于首尔西南部，是生活在首尔的中国人社区之一。

老师报告的话，真不知道会发生什么事。允教授被叫来学校，也因此跟我名义上的监护人沈医生见了面。沈医生以低沉的嗓音大发雷霆，并且说非常后悔当初建议允教授来找我。学校警告如果复学后，坤的态度还是没有改变的话，就只能让他转学了，听完后允教授低垂着头。

几天后，坤和我面对面坐在比萨店里。他的眼神已经不再那么愤怒，也许是因为允教授坐在旁边。后来我才知道，在听说坤惹出的是非后，允教授第一次拿鞭子打了坤。允教授是个绅士，所以再怎么样也不过就是把握在手里的杯子扔向墙壁，再拿鞭子抽打几下坤的小腿。但那已经在他平常维持的"知识人"形象上留下了污点，也使得本来就很尴尬的父子关系更加疏远。

被过了十几年才见到面的亲生父亲拿鞭子打的心情会是如何呢？更何况是在对彼此还没更了解和更亲近之前。

照沈医生的说法，允教授是个老实人，一辈子坚守着不能给别人造成麻烦的信仰。因为这突如其来的血亲彻底地违背了他的信仰，让他完全无法接受。比起对坤的失望，如此殷切期盼的儿子居然以这副模样出现，这让他更加愤怒。因此允教授选择打坤，并不断地对别人道歉、道歉再道歉。对老师们道歉、对学生们道歉，还有对我道歉。

让我跟坤两个人对坐在比萨店里还点了最贵的餐点，这都是他的道歉方式。允教授将双手摆在膝盖上，一样的话已经不知道重复多少次，像是要讲给坤听一样，声音颤抖着，无法正眼瞧我："真的很抱歉让你遇到这种事，全都是我的错……"

我用吸管慢慢把可乐吸上来。他的话好像没有尽头，越说下去坤的脸色越显凝重。肚子咕噜噜地叫，眼前的比萨渐渐变硬。

"其实可以不用再说了。我不是想听叔叔道歉才来的，要道歉的话，也应该由他来道歉，如果是那样，可能让我们两个人自己待一会儿比较好。"

允教授有点吃惊，瞳孔也稍微变大，坤也跟着挑挑眉。

"没关系吗？"

"没关系的，如果有事我会跟您联络。"

坤轻蔑地哼了一声。允教授干咳几声后慢慢起身道："允载啊，以修一定也很过意不去的。"

"他有嘴巴的，叔叔。"

"嗯，快吃吧，有事再联系我。"

"好。"

离开前他用力拍了坤的肩膀，虽然坤没有反抗，但等允教授一离开，他便用手拨了拨肩膀。

35

可乐咕噜咕噜地起着泡泡。坤不断用吸管对着可乐吐气，视线则朝向窗外。窗外除了三三两两经过的车子外，也没有其他可以称为风景的景色了。窗框正前方就放着一瓶闪着银光的不锈钢胡椒罐，具有微缓的曲线的胡椒罐就像广角镜头一样照亮四周。在那中间我看见了我的脸，处处结满血痂，瘀青处就像输掉比赛的拳击手一样。坤正看着胡椒罐上反射出来的我，我们的目光在胡椒罐上交会。

"样子真不错啊。"

"托你的福。"

"你以为我会跟你道歉吗？"

"你道不道歉对我没区别。"

"那为什么说要两个人独处？"

"因为你爸话太多了，我想静一静。"

听到我这么说，坤轻咳一声，好像是要用咳嗽掩盖流露出来的笑声一样。

"听说你被你爸打了？"不知道要说什么，所以想到什么就脱口而出。不知道这个问题是否合适，坤的瞳孔一下子放大。

"谁说的？"

"你爸亲口跟我说的。"

"闭嘴。臭小子，我没有什么叫爸爸的东西。"

"你这样说，爸爸也不会不是爸爸了。"

"想死吗？我叫你闭嘴，混账！"

坤一把拿起胡椒罐，手指非常用力，整个指甲都变白了。

"怎么？难道你也想在这儿大闹一场？"

"有什么不行的吗？"

"没有，我只是好奇问问，先知道的话我也好准备一下。"

坤好像要放弃的样子，把放在我面前的可乐拿了过去，可乐又开始咕噜咕噜地起了泡泡，我也学坤对着可乐吹气。坤每咬一块比萨都会咀嚼四次才吞下去，所以会发出咔咔的声音。我也学他这么吃，咀嚼四次后吞下去，咔咔。

坤怒视我，终于发现我在学他。

"疯子。"坤咕哝道，"疯子。"

我也跟着讲。接着他往左又往右撇撇嘴，也看见我跟着他做出撇撇嘴的动作。他一下子摆出奇怪的表情，一下子咕哝起"比萨""大便""马桶""拜托去死吧"之类的话。每当那时候，我就会像鹦鹉或小丑一样学他说话，就连他吸气和吐气的次数也都照着做。

　　微妙的镜子游戏持续一段时间后，坤好像渐渐累了。他不再笑，仿佛在思考更困难的表情或动作，所以花了点时间。管他要做什么，我连他从嘴里发出小小的扑哧声，还有眉头微皱的动作都一起学。我坚持不懈的动作好像妨碍了坤的创意性思考。

　　"不要学了。"

　　但我还是继续学。

　　"不要学了。"

　　我学他说了一模一样的话。

　　"我叫你不要学了，臭小子。"

　　"我叫你不要学了，臭小子。"

　　"很好玩吗？神经病！"

　　"很好玩吗？神经病！"

　　坤不再说话而是开始用手指敲桌子，看到我也跟着学便马上停下来。沉默，无语地瞪着我，十秒，二十秒，一分钟左右，接着又调整了坐姿，我也跟着做。

　　"我这个人啊。"

　　"我这个人啊。"

　　"如果在这儿翻桌还把盘子都打破的话，你也会照做吗？"

　　"如果在这儿翻桌还把盘子都打破的话，你也会照做吗？"

　　"我问你如果我用那些碎盘子把这边的人都杀死，你还能照做吗？混账！"

　　"我问你如果我用那些碎盘子把这边的人都杀死，你还能照做吗？混账！"

　　"很好。"

　　"很好。"

　　"你给我听清楚了，这是你先开始的。"

　　"你给我听清楚了，这是你先开始的。"

　　"停下来的话，你连小鸟都不如，听懂没？"

　　"停下来的话，你连——"我话还没说完，坤就用手臂把桌上的食物都挥到地上，接着砰的一声翻了桌子，开始对着客人大骂。"看屁啊，神经病，好吃吗？我问你们好不好吃啊！一群白痴，吃死你们吧！"

　　坤开始乱丢眼前的比萨还有酱料瓶，比萨掉在坐在对面的女孩脚下，洒开的酱料喷到了小孩头上。

　　"你怎么不学了，神经病，怎么不继续学啊？"坤边喘着气边看着我，"不是你先开始的吗？怎么不跟着做啊？"

服务生冲过来对着坤说"客人，您不能这样啊"之类的话，但仍无法阻止坤。坤举起手，一副马上就要打服务生的样子。有几个客人拿起手机拍照，其他几名服务生打电话给某个地方。

"我叫你跟着做啊，臭小子！"

虽然坤一直叫嚣，但我已经走出店门。我按照约定打了电话给允教授，还没听到电话声响允教授就出现了。看来是担心会发生什么事，所以一直徘徊在附近的巷子里。他推开比萨店的门走进去，我则透过窗户看着已经乱成一团的店里。我看到允教授的背影在发抖，看到他那偌大的手掌在坤的脸上一遍遍地留下印子，接着又看到他用两手抓住坤的头前后晃动。看到这里我就离开了，都是些没什么意义的场景。

我几乎没吃到比萨，所以觉得还有点饿，就到地铁站附近的面馆买了碗乌冬面，吃完后就去探望母亲。母亲总是那样安静地沉睡着。尿管从桶里掉出，在床底下晃来晃去，黄色的尿滴滴答答地落下。我找了护士来帮忙处理。母亲的脸上有皱纹，如果她照镜子一定会吓到。我把化妆水倒在化妆棉上，用化妆棉擦擦她的脸，再把乳液轻抹在她脸上。

离开医院走回家，是个很寂静的夜晚。我拿了一本书出来，里面讲述了一名少年放学回家的路上发生的平凡故事。那少年说他想成为在麦田里守护孩子们的稻草人。故事结局是那少年穿着蓝色外套，看着妹妹菲比坐在旋转木马上。①这没头没脑的结论不知道为什么深得我心，是本我已经不知道看了多少回的书。

　　睡下之前接到了允教授的电话。他一直不说话，取而代之的是长长的沉默和不断地叹气。允教授要说的是，他会支付所有的医疗费，还有不会再让坤接近我。

36

　　"没有不能被救赎的人类，只有放弃救赎的人类。"这是原为死囚的美国作家P. J. 罗兰②说的。P. J. 罗兰因为涉嫌杀害自己的继女而被宣判死刑。他声称自己是清白的，因而在服刑期间写下了自传性的小说。后来书虽然成为畅销作品，但P. J. 罗兰本人永远也不知道这件事，因为死刑仍如期举行。

---

① 此书为塞林格的《麦田里的守望者》。
② P. J. 罗兰为虚构人物。

　　他死后十七年，随着真凶自首，P. J. 罗兰的清白也被证实了。对他女儿下毒手的人是住在隔壁的邻居。

　　P. J. 罗兰之死在各方面都引起了争论。虽然女儿的事他是清白的，但他已经有实施暴力、偷盗、杀人未遂等前科。很多人说他是颗定时炸弹，也就是说即便宣告无罪，总有一天还是会犯下可怕罪行。总之在世人任意对这位已死去的男人进行审判之时，P. J. 罗兰的书依旧继续大卖。

　　书的大部分内容赤裸裸地描写了他不幸的童年，还有充满愤怒的少年时期。由于把刀插入人体内、强奸他人时是什么感觉，用的什么方法等内容都写得非常详细，因此在部分州区被列为禁书。他就像是在说明如何把食物分门别类放进冰箱，或是怎样把文件放进信封才不会让它们散落各处一样，清楚地描写着那些内容。"没有不能被救赎的人类，只有放弃救赎的人类"……他是在怎样的心情下写下这句话的呢？是渴望被救赎，还是带着很深的怨恨呢？

　　对母亲和外婆挥刀的男人、坤和P. J. 罗兰是同一类型的人吗？跟P. J. 罗兰相似反而更好吗？

　　我想要更了解这个世界，在这层意义上，坤对我来说是很重要的。

37

沈医生是那种别人都在狂奔时仍会保持镇定的人。我跟他说我跟坤之间发生的事时，他就是那样，我第一次跟他说了很久关于自己事情的那一天也是。在听完我天生杏仁体较小、大脑皮质觉醒水准较低，还有母亲教育我的方法后，沈医生也只会说，谢谢你跟我说这些。

"坤打你时原来你不会怕啊，但你也知道那不是代表勇敢，对吧？我也讲过了，再发生那种事的话，我绝不会善罢甘休的，因为那也是我的责任。但无论怎样，你必须先学会避开危险。"

我同意，因为母亲也一直教我那样做。但没有教练在，选手就会松懈。我脑子受惊吓程度也就只会跟杏仁体的大小一样。

"对人感到好奇当然是很好的事，但我个人对于你好奇的对象是那个孩子这点并不是很开心。"

"一般情况下，应该会叫我不要跟坤在一起玩，对吧？"

"也许。如果是你妈的话也会这么做，一定会。"

"我总是有想更了解他的想法，那是不好的吗？"

"你是说想跟那孩子更亲近点吗？"

"所谓更亲近点，具体来说是什么？"

"比方说，像你跟我这样坐在一起聊天、一起吃点什么，或分享些什么想法。就算没有什么金钱往来，也会愿意为了对方花时间。这些就叫作亲近。"

"我不知道，我跟叔叔算是亲近的。"

"哈哈哈，不要说不是。总之虽然是有点老派的说法，但会遇到的人总是会遇到的。时间会告诉我们，那孩子能不能跟你成为那种关系。"

"我能问叔叔您为什么不拦我吗？"

"我一直很忌讳轻易判断一个人，因为每个人都是不一样的，你这个年纪的孩子更是如此。"

沈医生本来是大学医院的心脏外科医生，不仅执刀多年，对患者的术后护理也很周到。但在他没日没夜地忙着医治别人的心脏时，他妻子的心脏也出现了缺口。妻子的话越来越少，而他仍然忙到没时间照顾她。某天他们终于去补上了延宕许久的旅行，是可以看到蓝绿色大海的岛屿度假胜地。医生边喝着透明的葡萄酒边望着夕阳，满脑子想的都是回去后要做的事。夕阳沉入大海以前，医生睡着了，不久后他被一阵气喘吁吁的声音吵醒，他的妻子正瞪大双眼紧抓着胸膛。她心脏内的电流信号出现错误，毫无预警地，脉搏飙升到每分钟五百下。一切都发生在一瞬间，医生能做的只是边哭边抓住妻子的手一直说："会没事的，再忍一下就好。"

原本疯狂跳着的心突然停止跳动了。既没有心脏起搏器发出的急救信号，也迟迟没人过来。他就像个业余医生一样，对着已无可能性的心脏疯狂地按压。过了一个多小时救护车到达现场，但妻子的身体已经冰冷僵硬。就这样，他的妻子永远地离开他。这件事后医生也放下了手术刀。

他们没有孩子，所以他是一个人。每次想到妻子时，脑海中就会浮现香喷喷的面包。他的妻子总是亲自为他烤面包，那个味道让他回想起一些旧事，比如已经遗忘的童年记忆，或是一些渺小记忆里的某个难以言说的场景。即使是繁忙的早晨，餐桌上也永远会放着香喷喷又热腾腾的面包。于是医生开始学做面包，因为这是他觉得他能为妻子做的唯一一件事。从常理上讲，令人无法理解，毕竟妻子已经离开了，这么做又有什么意义呢？

虽然我不知道，但医生跟母亲聊了很多。从新入住者变成常客的母亲，跟医生聊了各种话题。母亲跟谁都不曾提过我的事情，但最常跟医生说的就是，要是自己有个三长两短，拜托医生要多多帮忙直到我长大成人。母亲总是用尽一切心力不让外界知道我的状态。会将我还有她的人生告诉某人的母亲，是我不熟悉的。我很庆幸对母亲来说，还有那样特别的人存在。

38

　　按照外婆的说法，书店是个成千上万名作家笔下无数活着的或死去的人物高密度聚集的地区，但书却很安静，还没打开前非常宁静，打开的瞬间就有各种故事纷至沓来。隐隐约约，我感觉这刚好就是我想要的。

　　我突然感觉有人，转头便看到一名身材矮小的男人忸怩地整理了一下衣领就消失在书柜后。我匆匆一瞥，后脑勺上一处星星模样的秃头部位吸引了我的目光。接着，柜台上便出现一本成人杂志。上面有个骑在摩托车上的金发女郎，鬈发如狮子鬃毛一样，穿着皮外套勉强盖住快要露出来的胸部。嘴巴微张，背则完全向后倚靠。

　　"还真无聊啊。就当作收集古董帮你买一本，多少钱？"

　　是坤。

　　"两万块。就像你说的是古董，所以不便宜。"坤边嘟囔着边翻找口袋，接着把钞票和零钱丢了出来。

"你，"说完就把手肘放在柜台，撑住下巴直盯着我，"听说你是机器人？什么都感觉不到啊？"

"不完全是那样。"

坤吸吸鼻子说："我可是调查了一下你，确切来说，是调查了你那颗该死的脑袋。"坤用手指敲了敲自己的脑袋，发出像是敲打熟西瓜时的声音，"难怪，难怪啊，我就觉得有点奇怪。我呀，什么都没有，就最爱用力气。"

"你爸说如果你来找我，我就要打给他。"

"不需要这么做。"坤的眼睛里瞬间冒出火花。

"看来得打一下了，既然都约好了。"虽然拿起了电话，但电话还没放到耳边就被丢到地上。

"你没听到吗？臭小子，我叫你不要打，我不会动你的。"坤绕了书店一圈，无所谓地翻找起了书，接着站在远处大叫道，"被打的时候痛吗？"

"痛啊。"

"听说你是机器人，看来不完全是个空壳啊。"

"嗯……"我欲言又止。我的情况总是很难说明，尤其是在会帮我补充说明的母亲离开后更是严重。

"比方说，冷、热、肚子饿，还有痛，这些我也能感觉到，如果不这样就活不下去。"

"这就是全部？"

"也能感觉到痒。"

"如果搔你痒，你也会笑？"

"应该会吧。我已经很久没被人这样开玩笑，所以不太确定。"

听我这么一说，坤发出了泄气的声音，不知不觉间他已经站到柜台前。

"我能问你个问题吗？"

我耸耸肩，坤把眼睛转向别处。

"听说你外婆死了，是真的吗？"

"嗯。"

"母亲现在是植物人？"

"非要这么说的话，也没有错。"

"听说是在你眼前变成那样的？被某个疯子砍成那样。"

"没错。"

"但听说你只是默默看着。"

"就结论来看，算是这样。"

坤一下子转过头来。"真是个神经病啊！你外婆跟妈妈在你面前死去，你就只是看着？那种人就该当场把他揍死。"

"没那个时间，那个人也当场死亡了。"

"这我知道。但就算那个人活着，你也什么都做不了。你什么都阻止不了，胆小鬼。"

"也许是那样。"

我的回答让坤摇了摇头。

"我说这些，你心情也不会不好吗？居然会面无表情？你不会想念吗？你不想念你外婆和母亲吗？"

"我很想念，非常，非常地想念。"

"那你还睡得着？怎么还能继续去上学？你家人就在你眼前流着血死去了啊。"

"就这样活下来了。虽然不知道其他人会不会比我花更长的时间去适应，但应该都是过一段时间就会继续吃饭和睡觉的。因为人类就是会活下去的存在。"

"还真会假装懂很多呢。如果是我，一定每天都很生气，委屈得睡不着觉。其实我听到这件事后，已经连续好几天都睡不着。如果是我，那家伙早就死在我手里了。"

"抱歉，我害你睡不着觉。"

"抱歉？听说你外婆死时，你一滴眼泪都没掉啊，居然还知道跟我说抱歉？真是无情的家伙啊。"

"这样听下来你的确有可能那样想。至于抱歉这句话，是我学来的，所以知道怎么恰当使用。"

坤吐吐舌。"你这个家伙，完全无法理解。"

"大家虽然没说，但一定也是这样想的，因为我母亲也是这样跟我说的。"

"疯子……"说到这儿坤嘴巴就闭上了。好长一段时间都沉默不语，我又回想了一次坤和我之间的对话。这次轮到我开口。

"但你……会用的词汇还真的不多啊。"

"什么？"

"虽然大部分是脏话，但讲出来的脏话也就那几句，词汇量好像很有限，多念点书的话应该会有帮助，这样也能跟别人聊多一点。"

"你这机器人还好意思给别人建议啊。"

哈，坤干笑了一声。

"我会认真看的，好看的话我再来。"他晃晃自己选的书走出店门，那阵风在骑摩托车女郎的胸部上引起一阵涟漪，门关上之前，坤转身过来，"啊，对了，不用打电话给那个我叫爸爸的人，因为我要回去了。"

"好，希望你没有骗人，毕竟如果你说谎，我也察觉不到。"

"还真像个老师啊。我都这么说了，你就那样相信吧。"

门啪的一声关了起来。一阵风被吹进店里，带有微微夏日的香气。

<h1 style="text-align:center">39</h1>

不知道是不是因为允教授给了店主适当的赔偿，在比萨店发生的事好像没有被通报到学校。那件事只在学生间传来传去，一股好像什么大事要发生的冷冽气氛弥漫其中，但没过几天大家就发现也不是什么大不了的事。坤低着头不跟任何人对视，原本跟着坤的两个人也混到其他团体，不再围在坤的身边打转。坤有自知之明地在偏僻处独自吃着饭，不再瞪着别人而是趴着睡觉。从被视为问题学生到变成只是个普通孩子并没有经过太久，随着坤脱离话题中心，关注我的人也逐渐变少。学生们的注意力总是放在更奇怪或更有趣的事情上，自从有个学生进入无线台选秀节目的决赛后，其他人就在连日讨论他。

一般而言，在高中生的认知中，我和坤算是"敌人"。光是看这段时间发生的事，的确该如此。所以虽然没有人先开口说要这么做，但我跟坤在学校都假装不认识，互不交谈，也不看彼此。我们就像黑板擦跟黑板一样，只是构成学校的存在而已。在那里谁也不是真的。

40

"该死，还真艺术啊，都遮起来了有什么好看的？"坤把之前买走的杂志啪的一声丢到柜台上咕哝道。虽然言行举止跟之前差不多，但语气和动作温柔了些，没有把书丢到地上，而是放到柜台，说话的分贝数也低了不少，肩膀倒是比之前更挺拔了。

不知道为什么会这样，总之之后坤便常突然到访，非我所愿。他几乎每天晚上都会路过店里，每次停留的时间都不可预测。有时说完几句没意义的话后就嗖的一下跑掉，有时也会静静地看书或是啜饮着罐装饮料。可能是因为我什么也没问，所以他更常来。

"真遗憾你不喜欢这本书，但按规定不能退货，如果是有瑕疵的书就另当别论，但既然已经买走这么久了，实在是无法退了。"

坤大声地哼了一声。

"谁说要退货了？只是觉得放在家里不知道要干吗，所以才拿来的，就当是付你借书的钱。"

"这本很经典，可能还有粉丝哟。"

"原来我读了经典啊？看来要放进书单里了。"

不知道是不是因为我的话很好笑，坤扑哧笑了出来。但他看到我没跟着笑，便马上正色收起笑脸。回应那句话对我来说是很困难的事，再怎么努力也只是嘴角微微上扬而已。勉强微笑实在太明显，反而有可能会让对方误会是在嘲笑他。

从小学开始就被看作冷漠又乏味的小孩也是因为我的笑容。虽然母亲常和我强调，根据情况自然微笑是社会生活很重要的一环，但每次看到我做又都会要我放弃。后来母亲想了别的方法，要我试着假装在做别的事或是没听到别人的问话。但大部分都时机不对，常常要等一阵沉默后才能艰难地找到要说的话。现在在坤面前好像不需要这么做，因为我们还在聊经典的话题。

"一九九五年出版的话，算是杂志界的老爷爷了，这可是费尽千辛万苦才找到的。也许别人不知道，但这真的是经典。"

"那你给我推荐其他的书看吧，经典的。"

"你说的是'那种'经典吗？"

"没错，就是你所说的'真正'的经典。"

经典总是放在隐秘之处。我带坤走到角落的书架区，从最里头堆满灰尘的角落拿出一本书。是在旧韩末时期①拍的粗野照片，可以看到士大夫和妓女相拥的各种体位，因为很大胆，所以照片十分露骨，偶尔还有一些性器官露出的照片。照片是黑白的，上面的人物穿着韩服，这与现代是不同的。

坤盘腿坐在角落接过书，翻页时他的嘴巴张得极大。

"哇，我们的祖先居然有这么了不起的一面吗？"

"'了不起'这个词是比你年纪小的人用的，看来你得多认点字了。"

"胡说。"坤边回答边继续翻页。他留心看着每一页并且规律地吞咽口水，不知道是不是身体很痒，坤耸耸肩又抖了抖盘着的双腿。

"多少钱啊？"

"很贵，非常贵，这可是特别版，就算是复印本也有收藏价值。"

"还有人来找这个吗？"

"真正懂得经典的人就会来找啊。因为数量不多，所以如果不是真

① 大韩帝国，一八九七至一九一〇年。

正的收藏家我是不卖的，所以你也小心点。"

坤一下子盖起书，开始翻找附近的书籍。《阁楼》《好色客》《花花公子》《首尔星期天》①，都是既珍贵又昂贵的书。

"这些都是谁找到的啊？"

"我妈。"

"你妈真有眼光啊！"刚说完坤又补充道，"这是称赞，我是说你妈做生意的手腕很高明。"

41

那句话是错的。母亲跟所谓有做生意的手腕差得极远，只要跟我无关，母亲就会根据浪漫的想法和自己的心情来决定大部分事情，开书店这件事就是个证明。刚开书店时，母亲烦恼要用什么书来装饰书店，好像是想不出什么特别的主题，只好先像其他旧书店一样，用各种技术书、学术书、试题本、童书、文学书进行一定的装饰。之后等到有一些

---

① 前三者均为美国成人杂志，多刊登各类裸露、性感照片。后者为韩国最早的娱乐杂志，于一九六八年创刊。

余钱时，母亲就说要在书店里放台咖啡机。书和咖啡香，绝配。这是母亲的想法。

"咖啡机会冻坏的。"对此嗤之以鼻的是外婆。外婆总是能用几句话就让母亲气得跳脚。母亲对于自己的高尚兴趣被嘲笑感到愤怒，外婆眼睛眨也不眨地又补充说："还是放点色情书刊吧。"

母亲一张大嘴巴发出哼哼声，外婆就马上发挥她说服的功力。

"金弘道①的画中也是春画最精彩，时间一过都是经典，越是露骨就会成为越有价值的经典。就从那些书开始找起。"最后又补了一句首尾呼应，"咖啡机会冻坏的。"

母亲苦恼了几天后决定接受外婆的建议。

母亲用网络寻找那些想卖过季杂志的人，第一次跟一名男子约在龙山站当面交易。因为量多所以我跟外婆也一起去了。那名四十五岁到五十岁的中年男子好像被面前两个女人带一个小孩的组合吓到，从母亲那边拿到钱后立马就嗖的一下跑掉了。杂志用细绳绑着，所以封面都很容易看见，在回家的地铁上，我们三人和放在我们面前的杂志堆吸引了不少周围人的目光。

---

① 朝鲜时代的画家，以风俗民情画作最为著名。

　　"也是啦，没穿衣服的女人被细绳捆绑着的确是很引人注目。"

　　外婆说完就听到母亲抱怨道："是妈你叫我这么做的，不要假装不知道！"

　　后来又顺利完成几次面交，那些要给坤看的稀有资料也是那时候收集来的。几次奔走下来终于完成了外婆的"经典收藏"。

　　很不幸地，这次外婆看走了眼。虽然有时会看到一些叔叔到成人杂志区翻书，但这个时代并不像母亲二十几岁时那样，大家不需要鼓起勇气亲自购买爱情动作片。这些隐秘的事情可以通过各种渠道，在家神不知鬼不觉地解决。因此在二十一世纪头十年后期的旧书店里，把色情杂志放在柜台，特别是放在女老板面前，并不是件寻常事。除了一家中古唱片行老板说要装潢店里买走几本外，那个时代的"经典"一本也没被卖掉，躺在角落。光明正大地单买一本的人，坤是第一个。

42

　　那天坤假借"经典"的名义买下了几本书，还问我能不能借，我跟他强调这里是卖书的地方不是租书店。

"我知道啦，呆头。反正我看完又会拿来还的，放在家里保管有点那个不是吗？"

虽然还是爱骂脏话，但语气比之前更温和了。过几天坤又拿着书回到店里，虽然我跟他说不用还，但他坚持说："收下，臭小子。"

"因为是以前的书所以很保守啊，跟我喜欢的实在差太远了。"

我感觉再争下去也没什么用，就把书收下了，但发现有几页不见了，中间也有几页被剪掉。我突然瞥见还没来得及撕下来的标题，波姬·小丝①，坤一脸做贼心虚地盯着我。

"这书很难找，书架上可没几本有记载漂亮宝贝内容的杂志。"

"还有那个女人的照片吗？"

"要给你看吗？"

我打开柜台电脑，打上"漂亮宝贝波姬·小丝"搜索图片，出现一大堆波姬·小丝，从小时候到年轻时到达美貌巅峰的各种照片。坤赞叹连连。

"人怎么可能长成这样？"原本张着嘴看着一张张照片的坤突然发出呕吐的声音，"这什么啊，这张照片？"

---

① Brooke Shields，美国名模，被誉为世界第八大奇迹。

　　是张写着"波姬·小丝近照"的照片。超过五十岁的年纪，满是皱纹的脸塞满了整个屏幕。虽然已经不再年轻，仍葆有些许年轻时的美丽轮廓。但坤好像不这么想。

　　"你知道我现在真的大受打击了吗？幻想完全破灭了，早知道就不看了……"

　　"也不是她愿意改变的啊，不要这样。岁月是不会避开任何人的，活着活着都会遇上各种稀奇古怪的事。"

　　"谁不知道啊？你怎么，每句话都这么像老人啊？"

　　"该说声对不起吧。"

　　"啊，真是，怎么会这样……怎么会变成这样啊……干吗给我看啊，臭小子，都是因为你！"

　　那天坤轮番对着我和波姬·小丝出气，最后什么也没买就走了。

　　两天后坤又出现了。

　　"我有点好奇。"

　　"什么？"

　　"我这几天一直在看波姬·小丝的照片，不是以前的，是最近的。"

　　"你是特地来说这个的？"

　　"你最近很欠揍。"

"我不是故意的，如果害你这样想我很遗憾。"

"总之看了波姬·小丝的照片后，我有了一些想法。"

"关于什么的？"

"命运和时间。"

"这句话从你嘴里说出来还真新鲜啊。"

"你这小子，你知道自己总是能把一句很单纯的话讲得很糟吗？"

"不知道。"

"真棒啊。"

"谢谢哟。"

突然坤笑了，哈哈哈哈哈，一次呼吸里包含了五个哈。这句话里的笑点到底是什么？我转移话题问："你知道黑猩猩跟大猩猩也会笑吗？"

"哦，那又怎样？"

"那它们的笑声跟人类的差别在哪里？"

"谁管那个啊，想要装有学问就直接说吧。"

"人类的每次呼吸里有好几个笑声，但它们吐气时只能笑一次，就像腹式呼吸法一样，哈、哈、哈、哈、哈，这样。"

"那应该会练出腹肌吧。"讲完之后坤又自己笑了。这次是嘻嘻嘻地笑，接着为了冷静下来深吸一口气后，"呼"的一声地吐气。

我们之间好像有什么变得不一样了，跟之前。

"但你刚刚说命运跟时间，那是什么意思？"我问。虽然这是第一次跟坤进行这种对话，感到有点陌生，但我不想停下来。

"很难说明……就是说，波姬·小丝年轻的时候会知道吗？知道自己会变老、知道自己会老成完全不同的面貌？所谓老去、所谓变化，就算知道也不太能想象吧。我突然有一种想法，也许现在在路上看到的那些奇怪人士，比如地铁站里自言自语的中年露宿者，还有那些不知道经历了什么事没了双腿趴着乞讨的人，那些人年轻的时候应该也是跟现在截然不同的面貌吧？"

"悉达多也跟你有一样的烦恼，所以离开了皇宫。"

"悉……他是谁？好像经常听到。"

突然在这个节骨眼上词穷了，好不容易想了个不会刺激到坤的回答："有这么一个人，挺有名的。"

"不管啦。"

不知道有没有成功，总之他没什么反应。坤看向远处，声音变得低沉："所以说你跟我也有可能成为我们完全想象不到的样子。"

"会吧。不管是哪个方向，那就是人生。"

"怎么聊得好好的又开始讲大道理了。就算这样，你跟我活的岁次可是一样的好吗？"

"是岁数，不是岁次。"

坤举起手又放下，嘴里说着："真想一巴掌打下去——奇怪的是，我现在已经不想看以前那种杂志了，不好玩，想象那些美丽的事物都会枯萎。虽然像你这种人永远都无法理解。"

"没想到你居然对波姬·小丝失去兴趣，我倒是能推荐其他对你有帮助的书。"

"拿来看看。"坤敷衍地回答。我推荐他一本外国作家写的《爱的艺术》。坤看到标题，脸上带着奇妙的微笑回去了。虽然没隔几天就又怒气冲冲地跑来说"把这些废话给我收回去"，但也不算是很没意义的推荐。

43

不知不觉来到五月初。五月有许多事持续在发生，对新学期的陌生感也消失了。虽然大家都说五月是"季节的女王"，但我的看法有点不同。从冬天转换到春天，整个大地解冻后长出新芽，原本死气沉沉的枯枝开满各色花朵，这几个月才是最困难的。夏天不过是接续春天的动力，让所有生命进一步生长罢了。

所以我觉得五月是一年中最懒惰的月份，它所获得的珍贵评价远高于它所付出的。五月也是我觉得自己跟世界最不一样的月份，世上万物都在活动和发光，只有我跟躺着的母亲就像永远的一月一样，是一成不变的灰色调。

因为只有放学后才会开店，生意当然没有什么起色。让我想到外婆曾说，如果是没有必要的生意就要收起来。虽然每天都在清扫灰尘，但少了两个人的空间总让人觉得越来越老旧。还能独自一人在这空间撑多久呢？

走在书架间，我抱在手里的书突然哗啦啦地掉落一地，手被书割伤。在满是湿气的旧书店里，这种事情并不常发生。因为是用坚固又厚实的纸张做成的百科字典，所以只能说是运气不好。地板就像被盖了章一样，红色的血滴滴滴答答地印在上面。

"在干吗啊？神经病，不是流血了吗？"是坤，都没发现他来了，也不知道什么时候走过来的，"不痛吗？"坤眼睛睁得圆圆的，赶紧抽出卫生纸包住我的手。

"这种程度还可以。"

"别瞎扯了。流血就会痛，你真的是白痴吗？"坤生气了。比想象中割得深，很快整张卫生纸都浸满血。坤又抽了新的卫生纸包住我的手，紧握着我的手指，脉搏剧烈地跳动着。握住一段时间后血渐渐止住了。

坤大声地说："你都不知道要爱护自己的身体吗？"

"虽然有点痛但还能忍。"

"血一直在流还说能忍？你真的是机器人吗？我是这么想的。你总是这么敷衍，所以当你妈和外婆在你眼前发生那种事时，你只会傻傻地站着。连她们一定很痛、要阻止的想法都没有，也不会生气，因为你什么都不知道。"

"嗯，医生们是这么说的，天生的。"

精神病患，是小学开始每当小孩捉弄我时最常用的说法，虽然母亲和外婆对此暴跳如雷，但其实我有些同意那个说法。说不定我真的是那种人，因为就算伤到人或是杀了人也感觉不到自责或是不安。我天生就是这样。

"天生的？这句话是世界上最没意义的话。"坤说。

44

不久后，坤拿来一个塑料瓶。不知道是从哪儿找来的，里面有只蝴蝶。它想要展翅飞翔，但不知道是不是因为瓶子太小了，所以我一直能听到蝴蝶到处飞到处碰撞的声音。

"这是什么？"

"同理心教育。"

坤脸上的笑容消失了，不是在开玩笑。他小心翼翼地将手伸进瓶里抓起蝴蝶。蝴蝶像花瓣般薄弱的翅膀被抓住，无力地挣扎着。

"你觉得蝴蝶在想什么？"坤问。

"应该是想挣脱。"

把蝴蝶抓出来的坤，两手各捏着蝴蝶一边翅膀慢慢向旁边拉开。蝴蝶的触角到处弯来弯去，身体剧烈地挣扎着。

"如果你是因为想让我感觉到什么才做这种事的话，住手吧。"

"为什么？"

"因为蝴蝶也会痛。"

"又不是我在痛，我怎么会知道？"

"因为手臂被抓的话会痛，这是经验。"

但坤没有停手，蝴蝶的挣扎也到达顶峰。坤虽然抓着翅膀但视线却转向别处。

"你觉得会痛吗？如果这是全部的话，那可不够。"

"不然呢？"

"比方说，你也要有会痛的感觉。"

"我为什么会痛？我又不是蝴蝶。"

"很好，那就继续吧，继续到你感觉到什么为止。"

坤又继续拉开翅膀，视线依然投向别处。

"我明明叫你住手了。拿生命开玩笑是不好的。"

"不要像教科书一样喋喋不休的。我不是说了吗？等到你真的感觉到什么的时候，我就会放手。"

那瞬间蝴蝶的一边翅膀被撕碎了。坤的嘴里发出一声又急又短的叹息，失去一边翅膀的蝴蝶，剩下的一边也失去了意义，只能在原地转呀转。

"你不觉得很可怜吗？"坤气喘吁吁地问。

"看起来很不舒服。"

"不是看起来不舒服。我是问你，有没有很——可——怜。该死。"

"住手吧。"

　　"不要。"坤手忙脚乱地从口袋里拿出什么东西，是针。他将针拿到在地上打转的蝴蝶面前。

　　"你在做什么？"

　　"看清楚了。"

　　"住手吧。"

　　"看清楚！不然我就把你这里掀了，听懂了没有？"

　　我并不希望书店变得一团糟，也很清楚坤是完全能做出这种事的人。坤好像在摆祭祀桌一样直盯着蝴蝶，下一瞬间蝴蝶的身体被针穿过，蝴蝶无语地挣扎着，尽最大努力拍着翅膀，拼命地拍着。

　　坤怒视着我，跟着一咬牙将蝴蝶的另一边翅膀也撕碎了。表情改变的人是他不是我。他的眉毛开始上下挑动，牙齿紧咬着上扬的嘴唇，好像在嘲笑一般。

　　"如何？现在你的心动摇了吗？这种程度你还只是觉得不舒服吗？这就是你感觉到的全部吗？"坤声音嘶哑了。

　　"我现在觉得蝴蝶很痛，非常痛，但你看起来更不舒服。"

　　"没错，我其实不喜欢这么做。我喜欢的是一次痛快地解决，而不是慢慢折磨和拷问。"

　　"那你为什么还要做？反正我也无法让你看到你想看到的。"

"闭嘴，神经病。"

不知道从什么时候开始，坤的脸渐渐皱成一团，好像回到在焚化炉那天他踢我的场景。坤想要再对蝴蝶做什么也无法了，蝴蝶没了翅膀，身上还插着针在地上不停地打转，已经无法再让人联想到它是蝴蝶了。昆虫全身都在展现它的痛苦，凄惨地前后左右不停地打转。是想大叫住手吗，还是想活到最后才这么做的呢？应该只是本能，不是情绪，而是感觉带来的本能反应。

"妈的，没有能弄的地方了。"

砰、砰、砰，坤把蝴蝶再度丢到地上，用力踩了好几下。

45

原本蝴蝶所在的地方，留下了黑色痕迹。我祈祷蝴蝶能前往西方极乐世界，也认为如果我能阻止蝴蝶的不舒服就好了。

我把那天发生的事当作一场"对看"比赛，只是个游戏，谁先眨眼谁就输了。这种比赛我总是获胜的一方，因为其他人会为了不闭上双眼而用力，而我根本就不知道要怎么眨眼。

坤没出现在我面前的时间渐渐变长了。他对蝴蝶做出那种事后为什么会发火？是因为我没有反应，还是因为我没有阻止他，还是对事情只做一半的自己感到生气？能够分享这些疑问的人只有一个。

沈医生对于我抛出的问题，总是很努力帮忙解答。能够不带偏见地倾听我跟坤之间这种特别关系的人，也只有他了。

"我这辈子都会活得像现在这样吗？我是指什么也感觉不到这件事。"

我吞下乌冬面后这么问他。沈医生有时会请我吃饭，特别是吃面。他喜欢的东西好像除了面包就是面了。他把腌萝卜嚼了好几下吞下后擦了擦嘴。

"真是个困难的问题啊。我想这么回答你，能从你嘴里说出这个问题本身就已经是极大的改变，所以我的意思是要你再努力一下。"

"要做什么努力？不是说是天生脑袋有问题吗？就算母亲每天叫我吃杏仁也没有用。"

"嗯，怎么说呢？说不定不需要吃杏仁，给点刺激会更有效果？大脑这家伙可是比想象中还要愚蠢呢。"

沈医生的意思是，虽然我天生杏仁体偏小，但只要一直努力营造出假情感，久而久之，说不定大脑就会以为那是真的情感。这么一来可能会对杏仁体的大小和活跃度产生影响，也说不定能更容易地解读出其他人的情绪。

"过去十六年都没改变过的大脑，现在还有可能产生变化吗？"

"举个例子来说吧，对滑冰完全没天分的人，就算经过百日练习也无法成为最厉害的滑冰选手；天生乐盲的人，也不可能把歌剧的抒情小调唱得扣人心弦，博得听众的喝彩。但练习这件事是这样，就算有点摇摇晃晃，至少也能慢慢在冰上前进；就算有点生疏，但也是有可能唱好一小节歌词。这就是练习所容许的奇迹，也是它的极限。"

我慢慢地点了点头，虽然能够理解但还不足以说服我。这情况也适用于我吗？

"这些烦恼是从什么时候开始的？"

"不久前。"

"有什么转折点或理由吗？"

"嗯……这就好像别人都看过的电影只有我没看过一样。虽然说没看过也能过日子，但是看了的话，跟其他人能聊的话题就会多一点了吧。"

"真是惊人的发展啊。刚刚你的话里包含了想跟别人对话的意念。"

"看来是青春期吧。"

沈医生笑了笑。

"既然这样，就练习吸收开心又美丽的事物吧。你现在跟张白纸没什么两样，所以避免那些坏的事物，尽量填些好的。"

"我会试试的。虽然不知道该怎么做，但总比什么都不做好。"

"去了解那些你不知道的情绪不一定全是好事。情绪是非常奇妙的，会跟你之前所认知的世界完全不一样。就连那些围绕你的小事物，你都会感觉像尖锐的武器。原本觉得没什么的表情或言语，也会变得像荆棘一样刺伤你。你看路上的石头，虽然什么都感觉不到，但也不会被伤害，因为它连自己被人踢都不知道。但如果'知道'自己一天内被人又踢又踩，碎裂了数十次，那石头的'心情'又会如何呢？说不定你连这个例子都还不能理解，所以说我的意思是……"

"我懂，因为妈妈常跟我说这类故事。虽然是为了安慰我说的，但妈妈真的是个非常聪明的女人。"

"大部分的妈妈都很聪明。"沈医生微微笑着。

我停顿一下后开口说："我能问您一个问题吗？"

"当然，什么问题呢？"

"可以说是人际关系的问题吗？"

　　沈医生哈哈大笑一阵子后冷静下来，坐在椅子上并把双手放在桌上。我提起蝴蝶的事，故事越往后发展，沈医生两只手越紧紧握住，但等我都交代完后，医生的表情缓和下来并笑了笑。"所以说你真正想知道的是什么？坤在你面前做那件事的原因，还是坤的情感？"

　　"怎么说呢？两个都跟我说说吧。"

　　医生点了点头。"坤看来是想跟你当朋友。"

　　"朋友。"我跟着重复，"想跟人当朋友的话，还会在你面前把蝴蝶碎尸万段吗？"

　　沈医生双手交握。

　　"那倒不是。总之在你面前弄死蝴蝶后，他的自尊心好像受伤很严重。"

　　"把蝴蝶弄死，为什么会伤到自尊心？"医生深深叹了一口气，我接着补充说，"要让我理解不是很容易的。"

　　"不是这样的，我只是在想该怎么说得更简洁一点。那，就说重点吧。那孩子很关心你。他想了解你，也想感受跟你一样的感受。但我听下来总觉得都是他在接近你，你要不要试着先接近他？"

　　"怎么做呢？"

　　"在这个世界上，同一个问题会有一百种不同的答案，所以我也很难给你正确的答案，尤其是在你这年纪，这个世界更像个谜团，是该自己找答案的年纪了。但如果真想要我给你建议的话，那我问你个问题吧。他最近对你做的事是什么呢？"

"打我。"

沈医生耸耸肩。"我都忘了，那个跳过，其他的呢？"

"嗯……"我想了下，"他来找我。"

医生轻敲了下桌子点头说道："你所能做的就是去找他。"

46

身材臃肿的阿姨带着微笑，嘴角周围和眉眼很柔和，不笑时看起来也像在微笑。她帮我削苹果，苹果皮没有被削断，像螺旋一样延续着。我坐在一个陌生家庭的桌前，望着眼前的苹果等待着。等到苹果已经黄到开始变成褐色时，坤终于出现了，看到我他吓了一跳，还好阿姨在帮忙缓和气氛。

"坤来啦，你朋友已经在这里等了半小时，你爸说今天会晚点回来。吃了吗？"

"没关系的，谢谢您。"

我第一次在坤身上看到那样的神情，嗓音低沉且有礼貌。但等阿姨一走，坤就像回到自己世界的小孩一样，不耐烦地问："有事吗？"

"来看看你而已。"

坤撇撇嘴。没多久阿姨就端着两碗热好的汤面出现。不知道是不是真的饿了，坤一接过便开始咕噜咕噜地吃起来。

"一个礼拜虽然只来打扫两次，但我很喜欢这样，至少比跟那个叫爸爸的人待在一起要自在。"坤咕哝着。

看起来他仍跟父亲不亲近。坤和允教授住的地方离学校很远，住在能眺望汉江、干净又华丽的公寓最高层，在这里，大部分象征首尔的景色都能一览无遗，但坤说感觉不到自己站在那么高的地方。

父亲与儿子已经很长一段时间没有对话了。一开始用尽心力的允教授最后放弃了与儿子的关系，他常拿上课或学会有事情当借口不回家，两人之间的隔阂并没有消除。

"那个男人啊……"坤说，"从没问过我那段时间过得怎么样。我在那个地方过着什么样的生活，又是跟哪些人混在一起，有过什么样的梦想，又因为什么事而感到绝望……你知道那个人见到我后讲的第一句话是什么吗？是'我会送你去江南的学校'。可能以为我去那里就会好好用功考上好大学。但去了之后第一天，就发现那里绝对不适合我，每一个眼神都这么写着。我就大闹一场，那里真的很不留情面，没几天就被赶出来了。"坤喷了喷鼻息，"最后好不容易转来的地方就是这里。再怎么说也是文科出身，总是要顾面子的，那个人把一堆水泥倒入我的人生，一心只想着要在那上面建出自己设计的新建筑物，我可不是那种孩子……"坤低头盯着地板，"我不是他儿子，只是他们找错的杂种而已，所以连那女的死前最后一面都见不上，母亲……"

"母亲"。不知怎么回事，这个词出现的瞬间，坤突然陷入沉默。只要从某个地方——不管是从书里、电影里、经过的路人嘴里——蹦出"母亲"这个词，坤就像被按了静音按钮一样，不再说话。

他对母亲的记忆只有一段，温暖又柔和的双手。就算描绘不出母亲的脸孔，也无法忘记因手心的汗变得湿润又温暖的双手。他说他还记得牵着那双手在太阳底下玩影子游戏。

每当生命对他开玩笑时，坤时常会这么想：所谓人生，就像牵着手的母亲突然消失一样，你拼命想抓住最后还是会被抛弃。

"你跟我，谁更不幸呢？是本来有妈妈后来没了，还是本来记忆中没妈妈结果突然出现又死掉？"

我也不知道答案。坤沉默地低着头，好长一段时间后才开口说："你知道我那时候为什么找上你吗？"

"不知道。"

"有两个原因。一是你至少不会像其他人一样轻易评判我，托你那奇特脑袋的福。虽然因为你那奇特的脑袋，不管是蝴蝶还是什么的都是白费功夫……还有第二点，"坤笑了笑，"其实有件事我一直想问你，但该死，真难开口……"

我们之间变得沉默。秒针嘀嘀嗒嗒地走着，我等待坤的下一句话，接着坤慢慢地小声开口说："怎么样，那女的？"

我花了一点时间才理解他的问题。

"你不是见过吗？虽然只有一次。"坤说。

我回忆了一下，脑中浮现放满花的房间和苍白的脸庞。虽然那时候不知道，那张脸庞里还藏有坤的样貌。"跟你长得很像。"

"就算看照片我也看不出来。"坤轻轻嗤笑一声后又继续问，"哪里长得像？"

这次他眼睛直视我，我把记忆中阿姨的脸跟坤的脸重叠。"眼睛、脸的轮廓、笑起来的表情和笑开时嘴角出现酒窝的样子。"

"去你的……"坤转过头，"但她不是把你当作我了吗？"

"在那种情况下，不管是谁都会那样的。"

"她不是想在你脸上找出跟自己相似的地方吗？"

"她跟我说的话其实是要说给你听的。"

"最后，她最后说什么了？"

"最后抱了我，很用力。"

坤摇了摇头，接着艰难地如轻语般地开口问："温暖吗，那个拥抱？"

"嗯，非常温暖。"

坤原本高耸着的肩膀缓缓下垂。就像泄了气的气球一样，他的脸变得皱巴巴的。他慢慢低下头，膝盖也弯了下去，紧抵着头的身体不停地颤抖着。虽然没有发出一点声音，但他在哭泣。我静静地看着他，感觉自己好像白长高了。

47

整个夏天我们总见面。在一个潮湿到皮肤黏腻的夏日夜晚，坤躺在店门前的平床上跟我说了许多故事。但我很好奇坤把发生在自己身上的故事，原原本本地说给别人听又有什么意义呢？坤不过是在活着自己的人生，被抛弃、被甩开，这十六年非常混乱的人生。我本来想说命运是骰子游戏，但话到嘴巴又咽了回去。那才真的只是书里的情节。

坤是我所认识的人当中最单纯清澈的，就连我这种傻子都能看穿他的内心。他常说因为世界是个残忍的地方，所以要变得更强大，那是坤对人生所下的结论。

我们无法变得跟彼此一样。我太迟钝，而坤则不承认我说他是脆弱的孩子，只是一味地假装强大。

大家都说弄不明白坤到底是个怎样的孩子，我并不赞同，只是因为没有人试着去看到他的内心而已。

我记得不管走到哪里，母亲总是会紧紧牵着我的手，她绝对不会放手。有时候因为太痛我偷偷挣脱时，母亲就会斜眼看我，叫我赶紧牵好，还说因为我们是家人，所以要牵着手走。我另一只手则被外婆握住，我从未被任何人抛下过。虽然我的脑袋很糟糕，但不至于灵魂堕落，也是因为有紧握着我的那两双温暖的手。

48

有时我会想起母亲唱给我的歌。母亲虽然有着明朗的声音，唱歌时音色却很低沉，像纪录片里听到的鲸鱼的叫声，又像风声，或是从远处传来的波涛声。徘徊在我耳边的母亲的歌声随着时间的消逝也渐渐模糊，也许我很快就会忘掉母亲的声音。

我所熟知的一切都正在离我而去。

三

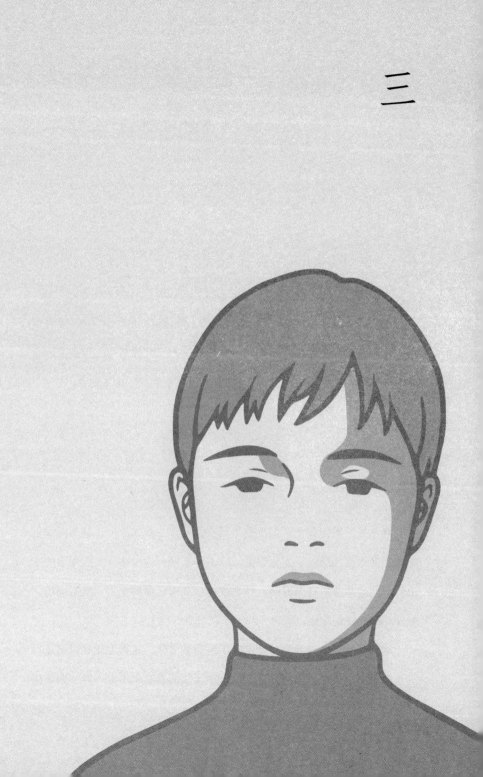

49

度萝是个跟坤站在完全不同支点的人。如果说坤是教会我痛苦和自责的人，那度萝就是教我花与香气、风与梦的人。就像第一次听到的歌曲一样，度萝是个懂得将大家都听过的歌以全新的方式唱出来的人。

50

开学了。校园景色看似没变，其实正一点一点地改变，就像深绿色的树叶变得更加暗沉。变化细微，味道却不同，青少年身上散发出的味道就如同这季节般日渐成熟，日渐浓郁。夏天已用尽全力，准备退场，蝴蝶们渐渐藏起踪迹，而死去的知了则散落在路上。

随着早秋来临，我的身体也起了些微妙变化，这种变化难以描述，甚至都算不上什么真正的变化。与原本认知的看起来不太一样，因而那些常用的单词不断地在我的舌尖打转。

星期天下午，我看着电视上出道三年第一次拿到第一名的五人女团发表得奖感言时也有如此的感受。穿着短裙、胸部被勉强遮住的小可爱，那些跟我同龄的女孩互相拥抱、蹦跳着。队长用颤抖的声音把她们的经纪人、老板、公司同事，还有造型师、粉丝后援会的名字连珠炮似的念完后，哽咽地说出熟悉的台词。"谢谢你们的爱，我们真的很爱大家！祝各位有个美好的夜晚！"

因为母亲爱看歌谣节目，所以这类场景我也看过无数次。偏偏那天有了这样的疑问："爱"这个字能这么频繁使用吗？

突然想起在歌德和莎士比亚的作品里，那些为了得到爱而用尽全力、最后却选择死亡的角色，那些因为爱变质就纠缠或虐待对方的新闻，还有一句"我爱你"就能原谅一切的故事。

所以我所理解的"爱"，是一种很极端的概念，将某种无法规范的东西勉强界定在这个字里。这个字却被滥用，只要心情不错或觉得感谢时，便不以为意地脱口说出"爱"。

当我跟坤说这件事时，他漫不经心地哼了一声，说："你现在是在问我什么是爱吗？"

"不是要你下什么定义，只是问问你的意见。"

　　"你觉得我会知道吗？我也不知道。说不定在这一点上，我跟你差不多。"

　　坤轻笑一声后翻了个白眼。瞬间切换表情是坤的特色。"不对啊，你不是有外婆跟妈妈吗？应该从她们那里得到过很多爱吧？干吗问我？"语气变得粗鲁，坤不断拨乱我颈后到头顶的头发，"关于爱我也不懂，不过倒是想试试看。既然要试，就选男女之间的爱。"

　　坤一拿到笔便不断重复着把笔帽拔出来又盖回去的动作。

　　"那种事你不是每天晚上都在做吗？"

　　"你这家伙还会开玩笑啊，进步很多了嘛！那是男女之间的爱吗？是自己做的爱啊。"坤轻轻敲了我后脑勺，并不会痛，他将自己的脸贴近我说，"你，懂什么是男女之间的爱吗？"

　　"我倒是知道目的是什么。"

　　"是吗？那是什么？"坤的眼角带着笑意。

　　"为了繁殖，自私的遗传基因所诱导的本能……"话还没说完后脑勺又被坤揍了一拳，这次有点痛。

　　"无知的家伙。我说你啊，就是知道太多反而无知。来，现在开始好好听哥哥我说的。"

　　"论生日我还比较早。"

"臭小子，越来越会开玩笑了啊？"

"我没有开玩笑，我只是说出事实而……"

"闭嘴，小子。"边笑边作势又要给我一拳，这次被我闪开了，"哎哟，不错嘛！"

"你能继续刚刚说到一半的话吗？"

坤干咳了几声。"我觉得爱是多余的，但讲得一副好像很了不起又永远不变的样子很讨人厌。我不想要那种软弱的，我喜欢强大的。"

"强大的？"

"嗯，强大的、厉害的，不是那种受到伤害觉得痛苦的，而是由我带给别人伤害的，就像铁丝哥。"

铁丝哥。虽然已经数次听到这名字，但并不熟悉。身体瑟缩了一下，不知为何，感觉接下来的内容好像不是我想继续听的。

"那个人很厉害，真的，我想变成那样。"说着那句话的坤，瞳孔瞬间充满了光彩。

总之，看来要从坤那里得到这类问题的答案是很难了。但如果问沈医生的话，感觉又会没完没了。

母亲曾问某天正用心写"爱"字的外婆："不过妈，你是真的知道那是什么意思才写的吗？"

外婆瞪大眼睛回答道："当然知道啊！"接着低吟道，"是爱。"

"那是什么？"母亲继续追问。

"美的发现。"写完"爱"字上半部的外婆，在写完中间的"心"①后接着说道，"这几点就代表我们三个，这一点是我，这是你，这是那孩子！"

就这样完成了象征我们家三个人的"爱"字。那时我还不知道什么是美的发现。

倒是从不久前开始有个脸孔一直浮现在脑海里。

51

李度萝。我试着在脑海里描绘我所知道的李度萝，便浮现出她奔跑的模样，像一头瞪羚或是斑马。不对，这比喻也不恰当。她只是李度萝，奔跑的李度萝。放在地上的银框眼镜、划破空气向前奔去的纤细腿脚、镜片里反射出的光芒、扬起的尘埃和留下的足迹、跑完拿起眼镜戴

---

①　此处指繁体的"愛"。

在鼻子上的雪白手指。那是我所知道的关于李度萝的一切。

52

新生入学那天，在礼堂进行无聊流程的中途，我偷偷推开门来到走廊上。突然听见某处传来声音，抬头一看发现一个女孩站在走廊尽头。她及肩的长发塞在耳后，用脚尖轻点着地板。不知道是不是以为周遭没人，她开始做起伸展操，充分伸展四肢热身，接着原地蹦跳三下后，来回在走廊跑着。她气喘吁吁地跑着，突然在我面前停住，与我四目相接，至少五秒。那女孩就是度萝。

没有光泽的银灰色粗框眼镜，里头是圆镜片。镜片因为薄且刮痕多，几乎将光线原样反射出去，所以看不清她脸上的表情。度萝有点不一样，不像其他人因为一点鸡毛蒜皮的事就大惊小怪，冷静到有时就像个十足的老女人。并不是说她长相成熟或是心理上很早熟，而是她跟别人不太一样。

四月初以前，度萝经常旷课，有时就算来学校也不参加补课或晚自习就直接回家，所以她也没机会看到学期初我跟坤引起的骚动。其实她看起来对周遭不怎么关心，总是坐在角落戴着耳机。听说在准备转到有田径队的高中，但最后没有转成功。之后我几乎没看过度萝说话，她上课时也只是盯着窗外的操场，就像被关在围栏里的猎豹。

　　我只看过一次度萝没戴眼镜的样子，是在春季运动会上，她代表班上参加两百米赛跑。因为身材瘦小，乍看之下不像很擅长运动。但无论怎样，她站到了起跑线上，正好在我面前。

　　各就各位。度萝一下子拿掉眼镜，双手撑地。预备。那时我看到了度萝的眼睛，微微上扬的眼尾，浓密的睫毛，瞳孔散发出淡褐色的光芒。出发。度萝跑了起来，纤细而结实的双脚迅速踩过地面，扬起灰尘，渐渐远去。她比任何人都要快，如风一般的速度，强力又轻盈的风。瞬间度萝已经跑完一圈回到终点，通过终点后还没停下，就拿起放在我面前的眼镜戴了上去。神秘的双眼顿时消失在眼镜后。

　　度萝身边总有朋友，也有一起吃午餐的同伴，不过都不固定。虽然不是独行侠，但也没有特别要好的朋友，好像也不大关心跟谁一起回家、一起吃饭。有时也会一个人行动，但不是因为被排挤或跟别人合不来，就像是单独存在的个体一样。

53

躺在病床上九个月之后，母亲睁开了双眼。但医院说这并不是什么好消息，换句话说，其实只是眼皮开合，并不是真的醒了。小便斗里积满了小便，她依然插着导尿管，依然每小时都要翻身。但至少睡醒时，母亲会朝天花板眨眨眼，眼珠也好像会微微地转动一下。

母亲是个能在眼花缭乱的壁纸花纹中找出星座的人。"你看，那个勺子形状就像北斗七星，还有仙后座。那个是大熊座，我们也来找找小熊座吧。""与其在这边聊星座，还不如向月娘祈祷！"外婆的大嗓门犹在耳畔。我很久以后才再次来到外婆的坟前，那里杂草丛生。我突然想起两个女人的笑声，不知道为何变得十分遥远，仿佛从远处传来一般。

书店已经很久没有客人了，虽然放学后我一定坚守柜台，不过营业收入已经失去意义，也不能一直靠沈医生的好意过下去。最重要的是，失去两个女人的书店就像坟墓，书的坟墓、遭人遗忘的文字坟墓。我好像就是那时下定决心的，是时候把这地方关起来了。

跟沈医生说要把书店关了，并减少行李搬到更简陋的考试院^①后，沈医生沉默了好长一段时间，最后他没有问我为什么，只是点了点头。

图书部^②的负责教师是担任三年级班主任的韩文老师。我进教务处时，老师正对着副校长磕头，因为他负责的班级一直是模拟考排名垫底，副校长不停地责问他想怎么办。我问涨红着脸回到座位的老师能不能捐书到图书馆，老师心不在焉地点头说就这么做吧。

走廊上一片鸦雀无声，因为期中考试快到了，晚自习时间同学也不会捣乱。我拿着早上就放在体育馆角落的箱子走向图书馆。

门轻轻一碰就开了，同时耳边传来轻快的呼吸声。我朝书柜走去，看见一个女孩的侧脸。一脚在前，一脚在后，不断地来回变换站立的姿势，有时还会原地跳。虽然是原地跳，但来回交叉的幅度极大。鼻子上挂着汗珠，发丝飘来飘去。我们四目相交，是她。

"嘿。"这种时候先开口是种礼貌，度萝也停下了动作，"我是来捐书的。"

我自顾自地边说边打开箱子。度萝开口说："图书部的人会整理

---

① 诞生于二十世纪七十年代，是用于考生备考及寄宿的房屋，现已变成韩国一种低廉的租房形式。

② 此处为管理图书之员工组成的团体，类似图书社。

的，放那儿吧。"

"你不是图书部的人？"

"我是田径队的。"

"我们学校有田径队？"

"有啊，没有指导老师，队员就我一个。"

"啊。"我把开了一半的箱子轻轻放到角落。

"但这么多书是哪里来的？"

我回答说之前是开书店的。要捐的大部分是参考书，参考书也是有时效性的，如果不是有名的考试用书，一旦过了考试季就不容易卖掉。

"不过你……"我开口问，"为什么在这里运动？不去体育馆？"

度萝本来双手背在后面慢慢走着，突然嗖的一下转过头说："在体育馆的话太明显了，这里最安静，反正也没什么人会来不是吗？基础训练要做好才能跑得快。"

在叙述自己喜欢的事物时，人们会带着微笑，眼睛也会闪闪发亮。度萝就是那样。

"跑了要干吗？"不是有什么特别意义的问题，但度萝眼里的光芒一下子黯淡下来。

"你知道你刚刚问了我最讨厌的问题吗？那些话从我爸妈那边听得

已经够了。"

　　"抱歉，我不是要责怪你，只是想问目的，你想跑步的目的。"

　　度萝叹了口气。

　　"就像我也有那种类似'活着要干吗'的疑问。难道你有什么目的才活着的吗？坦白说不就只是这样活着而已吗？活着活着如果遇到好事就笑，遇到坏事就哭。跑步也是一样的，得第一名很开心，没有则会觉得可惜，实力不够的话也会自责和后悔。就算如此也只会继续跑下去，只是这样！就像活着一样，只是这样！"

　　她说着，声调也逐渐高昂。我点点头，为了让她冷静下来问了句："你爸妈也被这话说服了吗？"

　　"没有，当然是嘲笑我了。跑步能干吗？说什么反正长大成人后，除了在交通灯变红前过马路时要奔跑，这辈子就没有需要奔跑的事了。很可笑吧？说我又不是尤塞恩·博尔特，跑步能干吗？"度萝嘴角垮了下来。

　　"那你爸妈希望你做什么？"

　　"不知道。之前说如果真的那么想运动，就选择至少能赚钱的高尔夫球。不过现在连那个也没了，只说在外面不要让他们丢脸。他们随意决定要生下我，凭什么他们定的任务得由我来完成？老是威胁我说我会后悔，就算会后悔也是我自己的事，不是吗？我只好照我的名字活下去，既然叫我李度萝①，我就得变成一个神经病啊，呵呵！"

尽情发泄后，不知道是不是心情变好了，度萝嫣然一笑。离开图书馆前，她问我书店在哪里，我告诉她地址并问她要做什么。

"这里如果不让我运动的话，我打算去那里运动。"度萝这么回我。

54

我的模拟考成绩总是处于中等水平。我最擅长理科，人文历史和社会研究也维持在一个还可以的程度。问题是语文，怎么能有那么多含意，每句话的意思都不一样？作者的用意为什么要藏得那么深？字里行间的意思总是跟我猜想的不一样。

说不定了解语言就跟要掌握对方的情绪和感情差不多。这也是为什么会说杏仁体小则一般智力也会较低下，因为难以理解基本的脉络，所以推理能力不强，智力也跟着稍显不足。我很难接受语文成绩表上印的数字，最想做好的却最不擅长。

---

① 韩文的"神经病"发音与"度萝"发音相近。

　　书店整理进度缓慢，要做的事其实就是处理书而已，但工程极为浩大。把书一本本拿出来拍照，如果要上传到二手书网站，掌握书况是很重要的。我没想到书店里原来有这么多书，脑中浮现了摆在每一格里的无数思想、故事、研究成果，还有未曾谋面的无数作者，突然感觉他们都跟我距离非常遥远。这是我第一次这么想，在这之前我一直以为自己离他们很近，就像肥皂跟毛巾，只要伸手就能碰到。其实不然，他们跟我身处截然不同的世界，也许永远也触碰不到。

　　"嘿。"肩膀旁传来声音。就好像突然被泼了冷水，一句"嘿"顿时让心脏收紧。是度萝。"我就是来看看，可以吧？"

　　"嗯，反正都来了。"我这么回答，"很少有客人会问老板能不能来看看。如果是人气高到需要预约的餐厅，说不定会这样问，但如你所见，这里并不是那样的地方。"

　　刚说完就觉得好像是在自白书店生意很差，感觉说错话了。不知道度萝觉得哪里好笑，她嘻嘻地笑着，笑声就像无数个小碎冰掉落在地上。她嘴角还挂着微笑，漫不经心地翻起一本本书。

　　"不过这店刚开不久吗？书好像都还没整理好？"

　　"是准备倒闭。"虽然用"准备"来描述"倒闭"这件事有点奇怪。

　　"真可惜，失去了能当常客的机会。"

一开始度萝的话并不多，但会做其他事。比方说，讲完话就鼓起腮帮子，接着发出"噗"的声音，一口气将空气吐出，或是用布鞋鞋尖咚咚咚地踩三下地板。这样摆弄一会儿后又重新开口问："你什么都感觉不到的事，是真的吗？"

跟之前坤问的问题一样。

"虽然不完全是，不过相对一般基准而言，应该是。"

"真神奇，我还以为那种事情只会出现在以ARS①的名目募款的纪录片里。啊，抱歉这么说。"

"没关系，对我没什么影响。"

度萝喘口气后说："那个，上次你不是问我为什么要跑步吗？我是想来跟你说声抱歉，那时对你大呼小叫。其实除了我爸妈，你是第一个问我为什么要跑步的人。"

"哦。"

"所以，我也是纯粹好奇想问个问题。那你长大想当什么？"

我好长一段时间无法回答。如果我没记错的话，还是第一次有人这样问我，所以只好如实回答。

————————

① ARS，Acute Radiation Syndrome，为"急性辐射综合征"。

"不太清楚，因为从没人问过我这个问题。"

"那种事一定要有人问吗？你自己没想过？"

"这个问题对我来说太难了。"

我犹豫了一下，但度萝没有要我进一步说明，反而找到了共同点。

"我也是。我的梦想已经蒸发了，因为我爸妈极力反对我走田径……真是令人郁闷的共同点啊。"

度萝不断地起立、蹲下，不知道是不是想奔跑的身体又开始蠢蠢欲动，一有空就要动动身体，校服裙轻轻地摆动着。我将视线收回继续整理。

"你整理得好用心啊！你很喜欢书吧？"

"嗯，因为要分开了，所以我在跟它们说再见。"

本来鼓起腮帮子的度萝又发出"噗"的一声。"我对书还好，文字没意思，不就一直被困在原地吗？我喜欢动。"度萝用手指快速地划过书籍，嗒嗒嗒，发出了雨一般的声音，"但旧书还好，纸的味道更清新，也有点像落叶的味道。"

度萝又自己嘻嘻笑了起来，接着说："我走啦。"

没等我回话她就消失了。

55

阳光明媚的午后，放学回家的路上，空气很冰冷，而太阳从远处俯瞰着地球。也许是我的错觉，说不定在炽热的艳阳下，是令人无法忍受的热气。走出学校后沿着灰色墙壁转个弯，突然一阵风吹过来。不知是从哪里吹来的强风，树枝毫不留情地大力摇晃，树叶也飞快地颤动。

如果我没听错的话，那不是树被风吹动的声音，而是海浪声。瞬间地上到处散落着形形色色的树叶。明明还在夏天的尾巴、明明太阳正高挂天空，但不知为何我满眼却只有落叶。橙色、黄色的树叶就像一只只手向着空中聚拢，不停地倾泻而下。

度萝就站在远处。强风将她的头发吹到左边，她的长发散发着光泽，每一根发丝都如粗针一般。她的步伐渐缓，我却没有，我们之间的距离越来越短。虽然说过几句话，但这么近距离地看她还是第一次。白皙的脸颊上有少许雀斑，为了避开强风，眯起双眼，她的眼睛是双眼皮。她抬眼看到我，仿佛被吓到一样眼睛突然睁大。

突然，风改变了方向。度萝的头发也慢慢地朝反方向飘去。带着她香气的风吹进了我鼻子，那是我从未闻过的味道，像落叶的味道，又像春天嫩芽的味道，令人一下子想起所有相反事物的味道。我继续往前走，现在我们距离彼此只有一步之遥。她的发丝打在我脸上。"啊！"我叫了一声，很痛。突然有颗沉重的石头扑通掉到了心上，是颗又沉又令人烦躁的石头。

"抱歉。"度萝这样说。

"没关系。"我答道。原本放在心里的话条件反射般地脱口而出。风用力地推着我，为了抵抗它，我加快了脚步。

那天晚上我失眠了。如同幻影般的影像不断在我脑海里出现。摇曳的树、形形色色的叶子，还有站着将身体交给风的度萝。

我突然起身到书架间翻找起韩文字典，但不知道自己想找的词是什么。身体很热，扑通扑通的脉搏声在耳边响起，手指还有脚底板就像有无数小虫在蠕动一般地刺痒。不是什么舒服的感觉，头又痛又晕，尽管如此，脑海里仍不断浮现那个瞬间，度萝的发丝碰到我脸上的那个瞬间，那种触感、那种味道，还有那时空气的温度。我直到黎明天色渐白时才入睡。

56

一到早上，那股热气就消退了，但出现了陌生的症状。一到学校就看见某人的后脑勺闪闪发亮，是度萝。我转过身，一整天心口热得像有无数芒刺在上面。

太阳下山之际，坤来店里找我。不知道为什么我开不了口，至于坤在说什么，也不太能专心听。

"怎么了，你？脸色看起来不太好。"

"痛。"

"哪里痛？"

"不知道，全身上下都痛。"

坤找我去吃点东西，但我拒绝了。坤不开心地"啧啧"两声后就走了。我动了动四肢无力的身子，不太清楚到底是哪里不舒服。走出店时遇到了沈医生。

"吃晚餐了吗？"他这么问，我摇了摇头。已经快晚上了。

这次是荞麦面。他说是青少年吃这个热量太少，又帮我点了个炸虾，但我没碰。在沈医生细嚼慢咽时，我将自己身体遇到的奇怪症状都告诉他。每句话都在嘴里转了好几回，所以即使是很短的一句话也花了比平常更久的时间。

　　"好像是感冒症状，所以吃了药。"

　　好不容易把话都说完了。沈医生推了推眼镜，视线移向我瑟瑟发抖的双脚。"那，接下来再说得更详细点吧？"

　　"比刚刚那些更详细？怎么更详细呢？"我一反问沈医生便笑了。

　　"怎么说呢，我只是在想，是不是有你不知如何正确表达出来的话。你能更详细地说给我听吗？比如，是什么时候开始出现那种症状，有没有什么契机或触发点之类的。"

　　我眯起眼睛回想触发点，说："是风。"

　　"风？"医生做出夸张的表情跟着我眯起双眼。

　　"不太好解释，这样您还是愿意听吗？"

　　"当然。"

　　我深深吸了一口气，接着将昨天发生的事尽可能详细地说明。突然认真说起这件事，才发现真是无趣的故事。风吹叶子落，度萝的发丝甩到我脸上，那一刹那我的心就像被堵住了一样烦闷……故事讲得既无纲要也无脉络，更谈不上闲聊。但在我说这些话时，沈医生的表情渐渐柔和起来。等故事都说完，他的脸上挂着大大的微笑。他朝我伸出双手，碰到我的手紧紧包住握了握。

"恭喜你，你正在发育，这是很值得高兴的事。"脸上依旧挂着微笑的他接着说，"你比今年年初长高了多少？"

"九厘米。"

"你看，这是很惊人的成长速度。身体发育，头脑也会跟着发育。你的脑结构好像变了很多，如果我是神经外科医生，现在就会让你去拍个MRI①确认。"

我摇摇头，"拍照"对我来说不是什么愉快的经验。

"我还没想过。既然要做，就等杏仁体再膨胀一点吧。而且其实我不确定这是不是该庆祝的事，觉得不太舒服而且不太睡得着。"

"对异性的关心本来就是这样的。"

"是说我喜欢那个女孩吗？"

话一出口我就后悔了。沈医生依旧笑笑地回答："那个，只有你自己的内心知道。"

"不是心而是脑吧，因为所有的一切都是跟着大脑的指示。"

"就算是那样，我们还是称之为'心'。"

正如沈医生所说，我的身体一点点起了变化。我好奇的事越来越

---

① Magnetic Resonance Imaging，即磁共振成像。

多，也渐渐不像之前那样，会把我好奇的事都一一告诉沈医生。话在嘴边打了好几回转，连单纯的问题都要拐好几个弯才能说出口，也开始在纸上画些没意义的涂鸦，以为这么做头脑会更清楚，但不知为何，只是不断重复写着每个词，没有完整的句子。等到发现那些词是什么意思时，常常会把纸揉成一团或突然站起。

烦人的症状仍持续出现，不，应该说随着时间的流逝好像更加严重了。只要看到度萝，我的太阳穴就会隐隐作痛。即使从很远的地方、从一大群人中传来她的声音，耳朵也会马上竖起。不知不觉我对先于大脑行动的身体开始觉得厌烦，就像在夏天穿着春季外套一样，如果可以，真希望能整个脱掉。

57

度萝常来玩，但来的时间并不固定。有时周末突然经过，有时在工作日晚上来。度萝来的时候，我的背后总是隐隐作痛，就像提前感觉到地震的动物，还有暴风雨来临前会爬出地面的昆虫似的。

感到浑身发痒而向门外走时，一定会在地平线那端看见那女孩的头顶越来越高。看到那场景，我就好像看到什么不吉利的东西，立马转身回店里，假装什么事也没发生过，继续做我的事。

虽然她说要帮我整理书，但只要发现自己喜欢的书，就会坐下来一直盯着同一页。她对大自然图鉴，诸如昆虫、野生动物图鉴很感兴趣。她不管在哪里都能发现美，像乌龟的龟壳、东方白鹳的蛋，甚至连秋天湿地里的芦苇，她都能从中找出对称美和大自然的惊人技艺。度萝经常说"美"这个字，虽然我知道那个字的意思，但无法清楚地感受到它的灿烂。

秋天渐渐成熟，在把书店里的书都整理好以前，我跟度萝聊了宇宙、花，还有大自然。包括宇宙的大小、把小虫溶解后吃掉的花，还有倒着游泳的鱼。

"你知道吗？我们都以为恐龙很大，其实也有低音提琴大小的恐龙，就叫美颌龙。一定很可爱！"

度萝膝盖上放着一本花花绿绿的童书[1]。

"那本书我看过。小时候我妈妈念给我听过。"

---

[1] 恐龙相关童书是伯纳德·莫斯特（Bernard Most）的作品，《最小的恐龙》（韩国飞龙沼出版社，二〇〇三年）。本书中关于恐龙的部分虽是根据此书文本描写而成，但恐龙的实际大小则是依据研究结果来叙述的。——原书注

"你还记得母亲念这书给你听？"

我点点头。浴缸大小的棱齿龙、跟小狗差不多大的微角龙、五十厘米长的微肿头龙，还有跟小熊玩偶一样大的鼠龙，那些又长又奇怪的名字我都记得。度萝嘴角微微上扬。

"你常去看你妈妈吗？"

"嗯，每天。"

度萝迟疑了一下。"我也能一起去吗？"

"嗯。"还没想好就先脱口而出了。

母亲的病房窗边放了一个小型的恐龙模型，是度萝在路上买的。这是我第一次跟别人一起来看母亲，虽然我知道有时候沈医生会来探望母亲，但我们都没问过对方要不要一起来。度萝微笑地看着母亲，小心翼翼地握住母亲的手轻轻抚摸。

"您好，我是允载的朋友，我叫度萝。阿姨您好漂亮哟！允载他有乖乖上课，也很健康，阿姨您一定要好起来，看看他现在的样子，阿姨一定能很快康复的。"度萝脸上依旧挂着微笑，往后退了一步，接着悄声道，"你也试试。"

"试什么？"

"像我一样。"

"妈妈也听不到。"不同于降低音量的度萝,我用无异于平常的语调说着。

"又不是奇怪的行为,只是跟你妈打个招呼而已。"度萝轻轻推了我。

我慢慢地走向母亲。依旧是过去几个月以来我看见的样子。因为从未试过,所以无法轻易开口。

"要我出去吗?你想一个人待着?"

"不用。"

"如果我太勉强你的话……"

那一刻从我嘴里跑出了一声"妈"。我静静地对母亲说着这段时间发生的一切,突然发现好多话都没有说。当然了,因为什么话也没说过。慢慢地,我从外婆离开人世只剩我自己一个讲到我已经上高中;讲到冬天、春天跟夏天都走了,现在已是秋天;讲到虽然努力撑下去,最后还是把书店收起来了,不过就算这样也不会觉得抱歉。

我说完便退到后面,度萝冲我笑了笑,母亲依旧盯着天花板上的星座。但真的对母亲说起话来,才发现好像也不是那么没意义的事。突然觉得说不定这跟沈医生一边怀念妻子,一边烤着面包是差不多的意思。

58

我跟度萝走得越近，跟坤那家伙的关系就越奇妙，好像有了秘密。不知道是不是巧合，两人从未在同样的时间来访。坤不知道在忙什么，来的次数渐渐变少，但每次来就一定会吸吸鼻子。

"你身上有可疑的味道。"

"什么味道？"

"不明的味道。"说完就瞪大眼睛看着我，"你有事瞒着我吗？"

"也许吧。"

本来想说如果坤继续追问的话，我就要说出度萝的事。谁知道坤居然说"那就算了"，就没再问了。

那时起，坤开始跟其他学校的学生走得很近，是一些以粗暴闻名的少年，里面还有几个是坤在少年管教所的同学跟学长。其实最出名的是一个叫"包子"的人，我也在放学路上见过他跟坤讲话。包子长得跟他的外号不搭，他的身形让人联想到竹子，像竹子一样修长。但体格却像铁棒一样——手臂和大腿像树枝一样瘦巴巴的，但是"树枝"末梢的手跟脚则像包子一样厚实，就好像揉出厚厚的面团粘在用树枝做的四肢上。但其实他被人叫"包子"另有原因，听说他会用他那硕大的拳脚把看不顺眼的人打得脸肿成包子一样。

"跟他们玩很开心，也很聊得来，知道为什么吗？他们至少不会给我贴标签，说什么我是这样的人，所以必须做这做那的。"

虽然坤觉得从包子那些人那里听来的故事很有趣，还说给我听，但在我听起来完全不像有趣或让人开心的事。尽管如此，坤还是笑得很灿烂，话越说越多。安静地倾听，是我唯一能做的。

学校方面一直关注坤。依旧常有学生家长打电话来，要是他再被抓到把柄，说不定又要转学了。虽然坤没有闯祸，只是上课时一直趴着睡觉，但对他的评价每况愈下，常常能听到同学们辱骂坤的言语。

"还是这样，干脆我来搞个大新闻？说不定大家都在等这个啊。"不断嚼着口香糖的坤装作一副若无其事的样子说。

那时我以为他只是随口说说，但事实并非如此。下学期过一半之际，坤变了个人。好像是为了让自己坠入地狱而煞费苦心，就像年初时对我那样，只要有人跟他眼神相撞，便开始辱骂对方。上课时，不是跷着二郎腿坐得歪歪斜斜的，就是明目张胆地做起别的事。老师纠正他，他就翻白眼回应，再摆出一副无可奈何的样子敷衍地调整坐姿，最后老师为了课堂的和平也不再说什么了。

每当看到坤这么做，我心里头就有一块石头掉落下来压着，就像度萝的发丝碰到我的时候一样，但那是块更可怕的神秘石头。

59

十一月初，下过一场雨后，天气正式进入晚秋。书店也整理得差不多了，能卖的书都卖了，剩下的回收就好。不久后就要离开这里，之后要住的考试院也找好了，搬家前的这段时间决定先跟沈医生住。望着空荡荡的书架，突然有种事情告一段落的感觉。

关掉灯后深吸一口书的气味，对我而言就像空气一般熟悉，但好像有什么不一样。突然内心啪的一声，有个小小的火苗被点燃了。我突然想了解字里行间的含意，想成为真的能看懂作者们所写文字的意义的人，想认识更多的人，聊更深入的话题，想知道人是怎样的存在。

有人走了进来，是度萝。我连招呼都没打，想赶在忘记前赶快说出口，在心中点燃的火苗熄灭之前。"我什么时候能写作？写关于我自己的事。"

度萝盯着我，看得我双颊发痒。

"连我都理解不了我自己，能让别人理解我吗？"

　　"理解……"度萝小声地说着并转过身来，突然站到我跟前，她的呼吸碰到我的脖子，心便怦怦地跳起来。

　　"你，心跳真快。"度萝轻语。丰厚嘴唇里吐露出的每个音节，都碰到我的下巴，令人发痒。我下意识地深吸一口气，她呼出的气息都被吸入我体内。"你知道自己现在为什么会心跳加速吗？"

　　"不知道。"

　　"因为我靠近你，你的心开心得鼓掌。"

　　"哦。"

　　我们四目相接，两人都没避开视线，度萝眨着眼慢慢靠近，还没反应过来嘴唇就碰上了。好像碰到抱枕一样，柔嫩又湿润的嘴唇轻轻压在我唇上。我们维持这样的状态深呼吸了三次。胸部起伏，又起伏，再次起伏。接着我们同时低下头，嘴唇分开了，额头互相贴着。

　　"我刚刚好像有点理解你是怎么样的人了。"她盯着地板说，我也看着地板。度萝的鞋带松掉了，鞋带尾端被踩到我鞋子底下。

　　"你很善良，而且平凡，但很特别。这就是我对你的理解。"度萝抬起头，双颊红红的。

　　"这种程度的话，"度萝喃喃自语，"现在我也有资格出现在你的故事里了吗？"

"也许。"

"真是令人不悦的答案。"度萝笑了，接着蹦跳着离开了。

膝盖一下子没了力气，缓缓地坐到地上。脑袋没了想法，心突突地跳着，全身像鼓一般咚咚咚地响着。不要再跳了，别跳了，不跳成这样我也知道自己还活着，如果可以的话，真想这样约束自己。不断地来回摇几次头，活着活着便不知道的事实在是太多了。就在那时，我突然感受到一股奇怪的氛围，抬起了头。坤站在窗外，我们对看了好几秒。坤的脸上带着淡淡的笑容。他转身离去，渐渐消失在我视野里。

60

修学旅行要去的地方是济州岛。虽然也有人不想去，但单纯不想去并不能作为缺席的理由。全校学生只有三个人没去，包括我。另外两人是因为参加比赛，我则是因为不能丢下母亲一人，所以得到准许。

我每天都到寂静无声的学校看一整天的书，约聘老师走形式地点名。就这样过了三天，大家都回来了，但不知道为什么感觉气氛一团乱。

事情发生在旅行的最后一天。回学校的前一晚，学生们正熟睡着，本来准备拿来买零食的班费全部不翼而飞了。老师检查了大家的随身行李，最后在坤的包里发现装有班费的信封。坤说不是他所为，其实他有不在场证明，那天晚上他偷跑出宿舍，在济州市区悠闲地逛到早上才回来。网吧老板也能证明，坤在网吧喝着啤酒，一个人玩了一整夜的游戏。

尽管如此，大家还是异口同声地说是坤做的。不管是有人指使去偷的，还是事先就串通好，都说是坤做的。大家都这么说。

不管真相是什么，结束修学旅行的坤只顾趴着睡觉。到了下午允教授找来学校，听说把钱还了。学生们整天手机不离身一直发信息，通信软件的提示音此起彼落地响着，不用看也知道他们在说什么。

61

几天后的第四节韩文课，事件爆发了。睡醒的坤懒洋洋地起身走到教室后面，老师无视他继续讲课，但突然传来嚼口香糖的啧啧声。是坤。

"吐掉。"说话的人是即将退休的韩文老师，但坤没有回应。一片寂静中只有嚼口香糖的声音尖锐地划过空气。

"要么吐掉，要么出去。"话还没说完就听见"呸"的一声，口香糖以抛物线之姿掉到了某人脚下。老师"砰"的一声将书合上。"跟我来。"

"我不。"坤双手抱着后脑勺，肩膀靠在墙上，"去了你能对我做什么？顶多就是把我叫到教务处后威胁我，或是打电话给那个叫'爸爸'的家伙让他来学校，不是吗？想打就打，想骂就骂，不用忍。大家为什么不能真性情一点？该死。"

韩文老师脸上的表情没有一丝变化。仿佛是从数十年的教职生涯中学到的技术，老师一动不动地盯了坤几秒后，就径直走了。但波澜却在留下来的学生间汹涌，每个人都假装低头看着放在自己眼前的书，这是一场无声的波澜。

"想赚钱的家伙都给我出来。"坤嘻嘻笑着对大家说，"没人想挨几下赚钱的吗？啊，当然等级不同，价钱也会不一样。脸上挨一拳就是基本价十万，流血就加五十万，骨头断了就两百万。没有人要出来吗？"

教室里充满坤的呼吸声。

"连去福利社的几块钱都斤斤计较的家伙们，怎么现在大气都不敢出一声啊？说话啊！都这么没勇气，要怎么在这险恶的世界活下去？你们这些神经病！白痴！狗崽子！"

最后一句话回荡在走廊里，它承载了他所有的力气。坤的身体哆嗦着，带着不明意义的笑容的嘴巴快速抽动着。坦白说，看起来像要哭了。

"别说了。"我开口说道。坤的眼睛瞬间亮了。

"别说了？"坤缓缓起身。

"不说了要干吗？鞠躬道歉写检讨吗？还是要跪在地上请求原谅？你来说说看啊，我——能——做什么？他妈的神经病！"

我无法回答，因为坤开始乱丢他视线所及之物。到处都是女孩子的尖叫声和男孩子"喂喂喂"的声音，仿佛分声部的合唱团，十分刺耳。教室内乱成一团，让人惊奇事情是如何在那么短的时间内变成这样的。书桌和椅子都倒在地上，挂在墙上的相框和时钟也歪斜了，就像教室被抓起来猛然摇晃了一阵似的。学生们完全不敢动，好像发生了地震一样紧贴着墙壁。不知从哪里传来喃喃自语声，虽是自言自语，却像喊叫一样刺进了耳朵。

"垃圾……"坤转头面向声音来源，站在那儿的是度萝，"滚！不要在这里晃来晃去的，滚去适合你的地方。"

度萝的表情，嗯……是我完全无法理解的表情。眼睛、鼻子、嘴巴都在原处，眼睛向上拉伸，鼻孔稍微张开，嘴巴就像在笑一样，一侧的嘴角上扬，不知道为何正微微颤抖。

教室门被打开，班主任冲了进来，其他老师也一起。但在他们有所行动之前，坤已经迅速从后门消失了。谁也没有叫住或拦住坤，连我也是。

62

　　傍晚，坤到书店找我，漫无目的地踢着空书架放话说："你命真好啊。明明是机器人，还知道怎么谈恋爱，连帮你说话的贱人都有了。她叫我滚还真是吓坏我了。小子，还能得到这么多你实际上感受不到的东西，命真好啊。"

　　突然一片沉默。"不要怕，不要怕，我们之间，这没什么大不了，"坤边说着边摆摆手道，"不过话说回来，我就问你一件事。"

　　坤正视我的双眼。"你也觉得是我？"终于坤鼓起勇气问。

　　"我没去。"

　　"你只要回答，你是不是也觉得是我？"

　　"你是在问我可能性吗？"

　　"没错，就是可能性，是我做的可能性。"

　　"那里的每个人都有可能啊。"

　　"其中我的可能性最大？"坤点点头莞尔一笑，"老实说是这样。"

　　我缓缓开口："大家都那样想其实不奇怪，因为你身上有很多因素会让人这样联想。如果不是你，大家不太想得到其他人。"

　　"原来如此。我也觉得是那样，所以没有继续争辩。我讲过一次，我说不是我做的，但没有用，觉得继续争辩太浪费口舌就没说话了，但那个叫爸爸的家伙连问都没问，就把钱直接还清了。差不多有几十万，有那样的爸爸我应该很骄傲吗？"

我什么话也没说，坤也好长一段时间没开口。

"但是，我没那么做。"语调微微上扬，时间静静地流逝着，"我这个人啊，本来想照着别人怎么看我，就怎么活。那也是我最擅长的。"

"什么意思？"

"我不是说过吗？我想变强。我想了很久，怎样才能变强？当然认真念书或运动都是让自己变强的办法，但那些跟我不太搭，不是吗？太晚了，我已经，太老了。"

"老了？"我反问。老了。说着话看着坤的瞬间，我突然感觉他真的会变老。

坤点点头。

"嗯，老了，老到无法挽回。"

"所以？"我问。

"所以，我要变强。我想用对我而言最自然的方式赢一次，如果不能避免被伤害，干脆由我来带给别人伤害。"

"怎么做？"

"不知道，但应该不难，因为那是跟我差不多的世界。"坤冷笑一声。本来打算说些什么，但坤已经走到外面了。他突然回过头留下这段话：

"以后说不定不会再见面了。我们，不要kiss goodbye（吻别），改成这个。"

坤眨眨眼，偷偷地伸出中指，露出很温柔的微笑，那是我最后一次在他脸上看到那样的笑容。后来坤就消失了。

接着悲剧便以迅雷不及掩耳的速度展开。

四

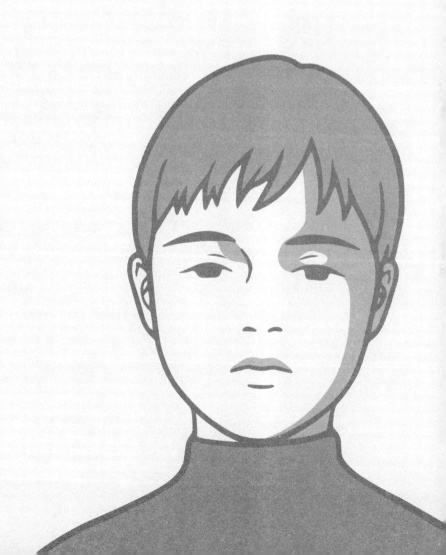

63

 偷窃被证实是其他人所为。是学期初，那个当着大家的面大声问我看着外婆在自己面前死去是什么感觉的学生。他告诉班主任是自己谋划的，目的不是钱，而是想知道陷害别人后，其他人会有什么反应。班主任问他为什么这么做，他回说："因为好像很有趣。"

 尽管事实如此，也没有人向坤道歉。越过大家的肩膀就能瞧见诸如"不管真相是什么，反正这样放任允以修，他还是会惹事的"之类的话出现在他们的聊天群组里。

 允教授的脸好像数日未进食一样消瘦。他身体靠在墙上，嘴唇干燥无比，说道："我长这么大从没打过人，我从不认为用暴力能阻止任何人。但是啊，我居然打了以修两次。除此之外，我想不到能阻止他的其他办法了。"

 "一次是在比萨店吧，我在玻璃窗外看到了。"

 允教授点点头。"我试着跟比萨店老板协商，还好没人受伤，所以事情也就这样解决了。那天我把他强行推进车里载他回家，回家路上我们一句话也没说，到家以后也是，因为我马上就进了房间。"允教授的声音开始颤抖了起来，"自从那家伙回来后，很多事都变了，连为妻子的死悲伤的时间都没有。我太太一定做着我们三个一起生活的梦吧，但有他的家让我非常不自在。不论是看书，还是躺在床上，一刻都无法不去想，怎么会变成这副模样？到底是谁的错……"

教授深呼吸好几次才又重新开口："惋惜难过的心情就被放大，再加上那个问题没有找到适当的答案，人就会往不好的方向思考，我也不例外。如果没有那家伙，如果他永远都不回来会怎么样呢？常常会有这种想法……"

教授身体开始颤抖。"你知道更可怕的是什么吗……是我有了如果一开始没有生下他，那么一切应该就会比现在更好的想法。哦！我真不敢相信我居然在你面前说这个……"

眼泪沿着教授的脖子流进毛衣里。后来的话都被哭声掩盖过去，听不太清楚在说什么。我泡了杯热可可放在他面前。

"听说你跟以修关系很好，也来家里找过他。在遭遇那件事之后，怎么做到的？"

允教授望着我。我说了我能想到的最简单的答案："因为坤是善良的孩子。"

"你是这么想的吗？"

我知道，知道坤是善良的孩子。但关于坤，如果要描述他的行为，只能说出他痛打我、撕裂蝴蝶、对老师不礼貌，还有朝其他同学丢东西这些事。语言这东西就是如此无力，就像要证明以修和坤是同一人一样困难。所以我这么回答："我就是，知道。坤他是个好孩子。"

听我这么一说，允教授微微一笑，但那笑容持续不到三秒便又消失了，因为他又哭了起来。

"谢谢你啊，谢谢你能这么想。"

"但您为什么要哭？"

"我为自己没能这样想感到过意不去。还有听到你说他是善良的孩子时，我的内心竟然很感激，我觉得自己很荒唐。"允教授断断续续地说着，话里还夹杂着哭声，离开前他犹豫了一下又补充说，"如果以修联络你，能帮我转达一下吗？叫他一定要回来……"

"为什么希望他回来呢？"

"成年人了还说这种话有点不好意思，因为这段时间事情接踵而来，来不及一一回顾并拥抱他。我想有个重新开始的机会。"教授这么回答。

"好的，我会帮您转达的。"我向教授保证道。

脑中闪过许多念头。如果时光能倒流，允教授会不会选择不生下坤呢？这样一来，他们夫妻也不会不小心丢了他，阿姨也不会因为自责而生病，更不会在后悔中离世。坤那些让人头痛的行为，从一开始就不会发生。这么看来，也许坤不出生才是对的。因为，这样一来，他就不需要感受任何痛苦或失去。

但要是这么想，一切都没有什么意义，只剩下赤裸裸的目的。

到天亮我的脑子才清醒过来。我有话要跟坤说，得跟他说句"对不起"：在你妈妈面前假装是她的亲生儿子，没跟你说我有新朋友，还有没对你说"事情不是你做的，我相信你"。

64

要找到坤，似乎得先去找包子那家伙。包子的学校位于红灯区，真让人感到惊讶，学校怎么会盖在那种地方。如果是学校建好后才形成那样的环境，就另当别论。傍晚金黄色的阳光洒下来，投下长长的影子，几名看起来丝毫不像学生的人在操场附近抽着烟。

一群人在学校前晃来晃去，其中几个还撞了我，我说要找包子。要问坤去哪里了，只能问他了。他说不定会知道去哪个地方笑着挥手迎接坤。

包子从远处缓缓走过来，在地面投下细瘦的影子，看起来更像铁棒了。近距离看觉得他的手掌、脚还有脸都特别大，就像挂在树枝上的果实。包子一点头，那些人便轮番戳弄我的肋骨，或翻看口袋。发现我比想象中还没价值后，包子开口问："长得这么斯文，找我有什么事？"

"坤不见了，我想你应该知道他在哪里。不用担心，不管你说什么，我都不打算跟大人说。"

出乎意料的是，包子轻易就回答了。"铁丝哥。"包子耸耸肩，头向两旁来回扭动，发出嘎吱声，"坤那家伙，好像去找铁丝哥了。我先声明啊，跟我一点关系都没有。铁丝哥对我来说也是很难应付的存在，别看我这样，再怎么说我也只是个学生啊。"包子转身拍拍自己背着的书包。

"他在哪里？"我不太叫得出口"铁丝哥"这个名字，所以只能这么问。包子用舌头在脸颊两侧来回绕圈。

"你要去？我不建议你去。"

"嗯。"我简短地回答，没什么时间跟他耍嘴皮子。

包子发出"啧啧"两声停顿了一下后，便说出离这里不远的港口名。"那里的市场的巷尾有家鞋店，卖跳舞穿的那种鞋，我也没去过，不是很了解细节。祝你好运，虽然应该没什么用。"

包子用手做出枪的模样，指着我的头发出"砰"的一声，接着消失在我的视线里。

65

去找坤之前我遇到了度萝，她沉默了好一会儿才开口说抱歉。"我不知道你跟他很要好，如果我知道，就不会那样说了。但……但总得有人出来阻止。"她说话的声音开始虽微弱，但最后一句加重了语气。"我真的很好奇，你怎么会跟那种人走到一起……"度萝喃喃自语。

那种人。是啊，大家都会那样想，因为我也是那样想的。我把之前对沈医生说的话也说给度萝听，说我在想如果能理解坤，说不定就能理解发生在外婆和母亲身上的事；说虽然生而如此，我还是希望至少能掌握一个世界的秘密。

"那你找到答案了？"

我摇摇头。"但我得到了别的。"

"什么？"

"坤。"

度萝耸耸肩又摇摇头。"那你为什么要去找他？"最后她问。

"因为他是我朋友。"那是我的答案。

66

那地方的海风散发着一股咸腥的气味，会把季节的气息和香气都带走。我假装被风推着走，混入市场。一家有名的炸鸡店前正排着长长的队伍。

包子并不是个优秀的指路人。我问了卖舞鞋的地方在哪里，还是找不到，找寻良久最后走进了迷宫般的巷子。由于路太过错综复杂，只好走一步算一步。

冬天的黑夜很快就降临了。才刚想说天色是不是变暗了，周遭就已经黑漆漆的了。突然从某处传来奇怪的声响，好像是什么东西被折断的声音，又像是刚出生的幼犬的叫声，同时还夹杂了几个人的说话声和笑声。抬头往声音来源处望去，便可看到一栋昏暗建筑物的大门半掩着，破旧的铁门被风一吹便摇摇欲坠，里头传来此起彼落的嬉笑声。突然有股奇妙的空气在我体内流动着，我努力回想那东西的真面目，以及代表那个意思的词语。仿佛是以前也见过的景象，但想不起来。

就在那时，门吱的一声打开，一群孩子一窝蜂地走了出来，我马上靠墙闪开。一群看起来跟我同年或比我大两三岁的孩子打闹着消失在黑暗中。一股熟悉的空气再度袭来。

我突然瞥见摆在门口的一双尖头皮鞋，是双均匀撒满金粉的华丽皮鞋。走近将皮鞋翻过来可以看到底部还加了一层柔软的皮革，看起来像是跳拉丁舞时穿的鞋子。沿着鞋子指引的方向望过去，向下延伸出一段楼梯。我缓缓朝昏暗的楼梯走下去。楼梯最下方堆满了箱子，后面还有一扇笨重的铁门。

走到门前，长长的铁棒卡在槽里，虽然能打开，但因为已经生锈，所以花了些时间才将铁棒抽出，推开了门。

眼前的景象一片凌乱。又脏又旧的房间里到处堆着各类物品，像个秘密基地，很难猜出里头发生过什么事。

突然听见窸窸窣窣的声响，下一刻我们便看到了彼此。坤双手抱膝蜷缩在地上，渺小又憔悴的坤，就这样一个人，比以前更加衣衫褴褛。

似曾相识，我在寻找的词就是这个。脑海中闪过《家族娱乐馆》、杂货店老板的呼喊、年幼迷路的我和突然出现在警局的母亲抱着我的瞬间。跳到下一个时间点，则是两个女人倒在我面前的样子……我甩甩头，现在不是回想那些的时候。现在在我眼前的不是死去的杂货店老板的儿子，而是还活着的坤。

<h2 style="text-align:center">67</h2>

　　坤睁开双眼，好像完全没预料到我会来这里。那当然了。他用粗犷的声音缓缓开口说："来这里干吗？你怎么知道这件事的？真是……"

　　不知道发生了什么事，坤脸上满是瘀青，到处都是被打伤的痕迹，脸色也很苍白。

　　"我去找了包子。先说好，我可没跟别人说，包括你父亲。"

　　"父亲"，还没说完这个词，坤就拿起一旁的空饮料罐丢过来。罐子掠过空中，掉落在满是灰尘的地板上后滚了几圈。

　　"看你，怎么搞成这样？先报警吧。"

　　"报警？真是可笑的家伙，你这人，真是固执死了。"说完后坤发出奇怪的笑声。时而捧腹，时而仰头，让人感到烦躁，一边还说着"你以为你这么做，我就会感谢你吗"之类的话。我打断他的笑声。

"不要那样笑，不适合你，也不像在笑。"

"现在我连怎么笑都要受你命令了吗？我都说了我要做自己想做的、待在自己想待的地方了，干吗还跑来这里管闲事？疯子，你算什么？你说啊，你到底算什么……"

坤的叫喊逐渐变弱。我静静地看着他瑟瑟发抖的身体。才几天不见，坤的脸就变了许多，粗糙的皮肤上笼罩着一片阴影，好像有什么东西让他产生这么大的改变。

"回家吧。"

"真好笑，不要耍帅了。废话少说，趁我还好好说话赶快滚，在我赶你之前快滚！"坤咆哮道。

"你还在这里干吗？都被打成这样了，你还觉得在这里苦撑着就算变得强大了吗？那不是真正的强大，是装出来的。"

"不要装懂了，你这神经病。你懂什么，居然对我大呼小叫？"坤大叫着。但不知道发生什么事，突然他像定格了一般呆住了。外头传来轻微的脚步声，脚步声迅速地靠近，一下子就到了门口。

"叫你快走啊。"

坤的脸皱成一团。紧接着，那个人便走了进来。

68

与其说是人，更像个巨大的影子。乍一看，可能在二十五到三十五岁之间。他穿着又旧又厚的外套、土黄色的灯芯绒裤子，还戴着一顶渔夫帽，穿着很奇特。因为戴着口罩所以看不清脸，那人便是铁丝哥。

"他是谁？"铁丝哥对坤问道。如果蛇会说话，应该就是这种声音。

坤紧闭双唇不语，于是我替他回答。"他朋友。"

铁丝哥挑了挑眉，额头上好像多了几条横纹。"朋友怎么知道这里？不对，我更想知道，你怎么会来这里？"

"我来带坤走。"

铁丝哥缓缓坐进嘎吱作响的椅子里，他那巨大的影子也跟着小了一半。"你是不是误会什么了？误以为自己是什么英雄？"

他嘲讽着，语气温柔，如果不仔细听，还以为是好意。

"坤有爸爸，所以要回家。"

　　"闭嘴。"坤对我大吼，接着跟铁丝哥说了几句，铁丝哥不断地点点头。

　　"啊，原来你就是那个男孩啊，我听坤说过。虽然我不知道是不是真的有那种病，但怪不得你脸上表情没什么变化。一般人看到我都不会是那种表情的。"

　　我继续重复说过的话："坤跟我要离开这儿，帮他解开。"

　　"坤，你怎么想？要跟朋友走吗？"

　　本以为坤会继续沉默不语，没想到他"哼"的一声冷笑，开口说道："我疯了吗，跟那神经病走？"

　　"好吧，也是，要说友情这东西，又会坚固到哪里去呢？只是说说而已，毕竟这世上本来就有很多没意义的词。"

　　铁丝哥起身后弯下身子从怀里拿出了什么。是把薄而锐利的刀，刀锋照到光时，反射出银光，非常刺眼。

　　"我给你看过这个吧，也说过总有一天会用到。"坤嘴巴微微张开，铁丝哥把刀柄对着坤，"试一下。"

　　不知道是不是喘不过气，坤的胸部起伏着。

　　"你看你看，怕了吧。因为是第一次，不用刺到最里面，只是要你给他点颜色瞧瞧就好。"

铁丝哥冷笑一声缓缓脱下帽子，瞬间有许多熟悉的面孔闪过我脑海。很快我就想起来是谁的脸：米开朗琪罗的大卫雕像，还有常在美术课课本上看到的那些美的象征。铁丝哥的脸跟他们是一个模子印出来的：白皙的皮肤、玫瑰般红润的嘴唇、接近淡咖啡色的发色、延展的精致眉毛，以及深邃而透亮的双眼。神出乎意料地给了铁丝哥一张天使的脸孔。

69

铁丝哥是坤在管教所的学长，他们曾远远见过彼此几面。铁丝哥犯下的错和他的故事实在是刺激惊险，所以私底下大家都议论纷纷。他被称为"铁丝哥"，也是因为无数传闻都说他犯罪用的武器是铁丝。有时坤会把在管教所听到的铁丝哥的故事，当作伟人传记一样不厌其烦地转述。

铁丝哥觉得到别人手下学做事或融进这个社会是很无聊的。他有个专为他本人设计的世界，就是站在别人到不了的顶端。虽然我不能理解，但被那个世界迷住的孩子们纷纷聚集到铁丝哥身边，坤也是其中一个。

"铁丝哥啊，他说我们国家也该开放枪支使用权，要像美国和挪威那样偶尔发生枪击事件才行啊，这样才能一次性清除一些废物。不觉得很帅吗？他真的很厉害。"

"你觉得那样很厉害？"

"当然啊，他谁也不怕，就像你，我也想变成那样。"坤这么回答。他将这些告诉我的那天，是在盛夏的某一天。

70

现在站在我眼前的坤手里拿着一把刀，呼吸声很大，好像在我耳边。他想做什么？他想证明什么呢？游移的瞳孔就像大珠子一般闪闪发亮。

"我只问你一句话，你是认真的吗？"我悄声问。

但坤的专长就是打断别人的话，我话还没说出口，肋骨就先被坤踢了一脚，在强大的冲击力下，我被踹到了窗边，放在一旁的玻璃瓶也摔到地上。

几岁开始偷窃，什么时候开始跟女人在一起玩，又是因为什么事而进管教所，有些孩子总爱把这些事拿出来炫耀。如果想在这种组织中获得认可，就需要一些像样的打架史或"勋章"。坤会这样一边被打一边忍耐，都是因为那种通关仪式。但我认为那些都是软弱的证据，是憧憬强大而产生的软弱的表现。

　　我所认识的坤只是个还不懂事的十七岁男孩。明明软弱得很，还假装自己很强大的家伙。

　　"我在问你到底是不是认真的？"我又问了一次，坤呼吸变得急促，"我不这么认为。"

　　"闭嘴。"

　　"我说我不这么认为，坤啊。"

　　"叫你闭嘴，混账！"

　　"你不是做得出那种事的人。"

　　"他妈的！"他大叫，不知道什么时候开始，叫声中还带点哭腔。我的脚好像被钉在墙上的钉子刺到，不停地流血，看到血的坤就像个小朋友一样开始抽噎起来。没错，坤就是这样的家伙，看到一滴血就会流下眼泪，看到别人疼痛自己也会感觉痛。

　　"我不是说了，你不是做得出那种事的人？"

　　坤转身背对我，用手臂遮住眼睛，身体不停地颤抖着。

"这就是你，你只是这样的人。"我说。

"你最爽了……真的很爽。什么都感觉不到。我也希望我能那样……"坤喃喃自语着，语气夹带着哭声。

"走吧。"我伸出手，"不要待在这里，跟我走吧。"

"要走你自己走，臭小子，你这种人懂什么？"好不容易止住哭泣的坤破口大骂，仿佛那是唯一的出路。他不停地如犬吠般狂骂着。

"够了。"铁丝哥举起手制止坤，"我看够你们两个小鬼头的过家家了。"

他转身面对我。"带他走，如果你想这么做的话。但不能就这样让你带走。你们的友情好像很了不起，如果是这样，那你是不是该为朋友表现一下？"

铁丝哥轻摸下巴，坤的脸色渐渐发白。"你能说说看吗？你能为坤做什么？"他的语调很温柔，说话时脸上带着微笑，句尾语调又微微升高，我曾学过，那样的行为就叫亲切，但我知道那并不是真的亲切，我于是回答道："任何事都愿意。"

不知道是不是对我说的话感到意外，铁丝哥瞪大双眼吹了个口哨。

"任何事吗？"

"是。"

"也许会死呢？"

"去你的。"坤嘟囔道。

铁丝哥一脸看好戏的模样，换个姿势坐了下来。"那就试试看吧。我倒想看看，你能为这家伙撑到什么地步。"铁丝哥笑了笑，"如果撑不住，也不用太自责，只能说明你是个普通人。"

坤紧闭双眼。铁丝哥慢慢朝我走来，我并没有闭上眼睛，而是正视即将发生在我身上的现实。

71

后来有人问我为什么要那样做，为什么到最后都不逃跑，我说我只是做了最简单的事，这是感觉不到害怕的人唯一能做的事。

就像玄关灯时亮时关一样，意识也一会儿清晰，一会儿模糊。等到真的清醒过来，痛苦又加倍了，我惊讶人类的身体怎么被设计成能承受住如此巨大的痛苦，我的意识居然到现在还很清醒，十分不合理。

我偶尔瞥见坤，时而模糊，时而清晰，好像大脑出现了什么故障。我可以看见坤害怕的样子，好像渐渐明白陷入恐惧是什么意思了。在极度缺氧的地方还要用力呼吸，坤看着我的时候就是这种感觉。

坤的脸逐渐模糊起来，我以为是我的视线开始模糊，但并非如此。坤的双颊上满是泪水。他哭喊着："住手，求你住手！你打我吧！"他不断地喊叫着。我想跟他摇摇头说不必这么做，但已经没有力气了。

72

不过几个月前的记忆隐约地闪过我脑海，是蝴蝶的翅膀被折断的那天。坤本来想教我什么，最后却没教成。太阳西下之际，坤一边擦着倒在地上被撕碎的蝴蝶，一边大哭。

"要是感觉不到害怕、痛苦，还有自责就好了……"他一边哭着一边说道。

我想了想后开口说："那可不是随便能做到的，你的感情可是非常丰富的，说不定你更适合去当画家或音乐家。"

坤笑了，一副要哭的样子。

不同于代表疼痛的呼吸都化成白雾的现在，那个时候还是盛夏。那时的我们站在夏天的顶峰。夏天，植物茂盛到令人惊讶的季节，满眼都是鲜绿。我们所经历过的一切，是真的吗？

坤常常问我，感觉不到害怕、感受不到任何情感是什么感觉？每次我回答就会被打，尽管如此，坤还是继续抛出同样的问题。

我也有未解开的疑问。我很好奇当初那个伤害外婆的男人是什么心态，但那个问题渐渐往其他人身上转移。明明知道却假装不知道的人们，我完全无法理解。

那是去找沈医生的某一天。电视上一名在轰炸中失去双腿和一只耳朵的少年正在哭泣，新闻正在讲述发生在地球某处的战争。看着电视画面的沈医生没有任何表情，感觉有人走近，他转过头来，看到我便笑，很热情地跟我打招呼。我朝着对我露出笑容的沈医生看去，他的后方是那个孩子。像我这样的白痴也知道，那孩子一定很痛苦，因为经历那些可怕又不幸的事而感到十分痛苦。

但我没问沈医生为什么在笑。明明有人这么痛苦，背对那张脸后，为什么还能笑出来。

类似的情况在其他人身上都能见到，随意换台的母亲和外婆也是一样。太遥远的不幸不是我的不幸，母亲这么说。

好吧，就算是这样，那些眼睁睁看着外婆和母亲遇害、什么也不做的人又是怎么回事呢？他们目睹眼前之事，这不能算远方的不幸，不能当成袖手旁观的借口。我想起当时合唱团中一名男子的采访，他说因为凶手气势太盛，吓得不敢接近。

不幸如果发生在远方，人们会因为距离遥远、力不能及而不加理睬；而发生在近前的，人们又说太害怕，没有人愿意站出来。大多数人即使感觉到了别人的痛苦也不会行动，口头上说有同理心，实际上又轻易忘记。

就我的理解，那并非出自真心。

我不想那样活着。

坤的身体发出奇怪的声音，仿佛从胸口深处发出的粗重的声音，像生锈的齿轮的滚动声，又像禽兽的叫声。为什么都到这地步了，他还要做这些没意义的事？我的嘴里不自觉地说出："真是令人心寒的家伙。"

铁丝哥直盯着坤。

"你就只有这点胆子是吧？好，那就不要后悔你的选择。"

铁丝哥抓起放在坤旁边的东西，是刚刚他拿给坤的刀。还来不及思考，铁丝哥就把刀抵在坤的下巴。但他没办法伤害到坤，因为接下刀的是我，因为我正在死去。

73

我把坤推开的那瞬间，铁丝哥的刀无情地插入我胸口。坤对着铁丝哥大叫"恶魔"，接着铁丝哥将刀拔出。红色的液体，温热黏稠的鲜血快速地流出身体。我感到一阵晕眩。

有人摇了摇我的肩膀。坤将我抱住："不要死，你说什么我都愿意做，无论什么……"

坤看起来快哭出来，不知为何，坤看起来像被抛弃了一般。我的眼角瞥见铁丝哥倒在地上的样子，我也不知道那时怎么会说出这种话，我只是艰难地开口说了几句："跟被你伤害的人道歉，真心向他们道歉，包括被你折断翅膀的蝴蝶，还有你不小心踩到的昆虫。"

我本来是来道歉的，结果却叫坤跟人道歉。尽管如此，坤还是点点头："好，好，好。我会照做，所以拜托你……"

坤紧抱着我不断地摇晃。我突然开始听不见他的声音，眼睛慢慢闭上，全身就像把身体交给大海一样疲惫。我要回到我出生以前所待的远古地方了。脑海中就像在放电影一样，原本遥远的一幕幕渐渐鲜明起来。

最后是下雪那天的场景，也就是我的生日当天。母亲倒在地上，鲜血染红一片雪地，接着我看到了外婆，表情像猛兽一样恶狠狠的，透过玻璃窗对我大叫："走，走，滚开！"本来那种话是不好的意思，就像度萝对坤大喊的一样，是要对方从视野里消失的意思。但为什么？为什么要对我说那种话呢？

血喷洒了一地。是外婆的血。眼前变得一片血红。外婆会痛吗？就像现在的我一样。就算会痛，外婆是不是会很庆幸，因为感受到疼痛的人是自己而不是我……

吧嗒。有滴泪掉到了我脸上。很烫，如同被烫伤了。那一瞬间我的内心深处好像有什么东西，啪的一声漾开。奇怪的感觉涌了进来，不对，是涌了出去。在我体内某处的塞子裂开，情绪一股脑地涌了上来。我内心的某样东西永远碎掉了。

"我能感觉到。"我喃喃自语，那种情绪的名字是伤心、开心、孤单、痛苦、害怕，还是欢喜，我并不知道，只知道我感觉到了某种情绪。突然好想吐，一股反胃感袭来，但仍觉得是一种很爽快的体验。顿时一股忍不住的倦意涌了上来，我慢慢闭上双眼，哭着的坤也渐渐消失在我的视野里。

我终于成为人，也在这瞬间，世界渐渐离我而去。

其实，这里便是我的故事的结局。

74

从这里开始算是后话。

我的灵魂离开肉体俯瞰正抱着我哭泣的坤。他后脑勺上秃掉的地方就像颗星星，突然想起我从未因这个笑过，哈哈哈，我发出笑声。这就是我全部的记忆了。

再次醒来我已经回到现实，而现实就是医院。接着好长一段时间都是时睡时醒，恢复到可以走路又花了好几个月。

卧病期间我一直做着同样的梦。地点是正值运动会的操场，我和坤站在尘土飞扬的太阳底下。天气很热，我们前方的运动员正要比赛。坤笑了下把什么东西放进我手里，张开手掌只见一颗半透明的珠子在我手上滚来滚去，中间刻有一条红线。随着珠子的滚动，红线也跟着改变方向一会儿呈现笑脸，一会儿呈现哭脸。是李子口味的糖果。

我把糖果放入嘴里，酸酸甜甜的，我分泌出许多唾液，用舌头拨弄糖果在嘴里滚来滚去，偶尔糖果与牙齿碰撞发出咔咔声。突然舌头感到一阵刺痛，又咸又酸，腥味中带点苦味，一股香甜的气味涌上，我急忙吸吸鼻子。

砰！远处响起比赛开始的信号。我们冲出去跑了起来，不是在比赛，只是跑步。我们只要能感受到身体正划破空气就够了。

我睁开眼睛时，沈医生就站在我面前。他跟我说了这段时间发生的事。

在我失去意识后，允教授和警察立即赶到。如果能靠我们的力量让一切回到正轨应该会更酷，但在大人眼里，我们可能还只是小孩吧。度萝联络了班主任，一些同学反映了包子和坤的关系，所以警察才能找到包子，再找到铁丝哥所在的位置也就不难。

铁丝哥是被坤刺伤的，但没有生命危险，已经比我先恢复正在准备开庭受审。他犯下的罪实在太多，无法一一列举。后来我听说，即便是在知道自己要付出的代价会比想象中大时，他脸上依然挂着始终如一的微笑。他的内心，不对，应该说人类的内心到底是怎么设计的？希望在他人生中能有那样的机会，有个让他能换个表情的机会，我这么想。

我想坤刺伤铁丝哥的事应该会被当作正当防卫。坤正在接受心理治疗，据说还没准备好来见我。允教授向学校申请停职，说是要换个生活方式，只为了坤的生活。坤并未跟自己的爸爸说太多话，但允教授仍持续努力。

沈医生说我不在的时候，度萝来过几次，他还把她留下的卡片交给我。打开卡片看到一张照片，不是文字，很符合度萝讨厌文字的风格。照片里的度萝正在奔跑，双脚腾在空中的模样就像飞起来了。度萝转到了有田径队的学校，一转过去就在区大赛中拿下了第二名，看来是找回曾经蒸发掉的梦想了。神经病，我想就算度萝的父母亲继续这样叫她，她还是会笑得很开心。

"你的表情越来越丰富了啊。"

沈医生突然对我这么说。我跟沈医生说了那个可怕的夜晚发生的惊人故事，还有我的身体和心灵突然产生的奇怪变化。

"等都复原后就去拍个MRI吧。临床检验也全部重做一遍，看来已经到了能确认你的脑袋产生多少变化的时候了。其实我一直搞不懂你被诊断出的毛病。我也曾经是医生，医生很喜欢贴标签的，这样才能接受奇怪的现象或人。当然很多时候这招很明确而且有用，但人的脑袋其实比想象中要奇妙。我还是相信心是可以支配大脑的，我的意思是，也许你只是以跟别人稍微有点不同的方式在成长而已。"沈医生笑了笑。

"成长，是指改变的意思吗？"

"应该是吧。不管是往不好的方向，还是好的方向。"

我迅速回想了一下过去跟坤和度萝一起度过的几个季节。并且希望坤改变的方向是后者。虽然在这之前要先思考一下什么是"好的方向"。

沈医生说要去个地方，离开前他犹豫了一下，接着意味深长地说："我最讨厌提前跟别人透露礼物内容的人，但有时候，就像现在这种时候，嘴巴实在痒到忍不住了。我就给你个提示，等会儿你会见到某个人，我希望会给你惊喜。"

接着他把坤要给我的信交给我。

"您走后我再看。"

沈医生离开后我将信封打开。一张白纸被折成四角，我慢慢将纸摊开，上面用力写着又粗又短的寥寥数字。

对不起，

还有谢谢，

真心的。

"真心的。"我盯着这句话后面的句号看了好长一段时间。我希望这句话改变了坤的人生。我们还能再见吗？我希望可以。真，心，的。

75

门打开，是沈医生。他推着轮椅，而轮椅上的人对着我灿烂地微笑。是我熟悉的笑容，我从出生就一路看着的笑容。

"妈。"

听到这句话的瞬间，母亲的眼泪夺眶而出。她摸着我的脸，又理了理我的头发，不住地哭泣着。但我没有哭。不知道是因为情感还没强烈到那种程度，还是因为看到母亲会哭，我的大脑已经无法应对了。

我擦去母亲的眼泪拥抱了她。奇怪的是，越这么做母亲哭得越厉害。

我躺在病床上的那段时间，母亲奇迹般地醒了过来。大家都说这是不可能的事，结果母亲却做到了。但母亲却说是我做到了大家都说不可能的事。我摇摇头，想说点什么，但这段时间发生的一切该从哪里说起呢？突然脸颊一热，母亲帮忙擦了擦，是我的眼泪。不知道从什么时候开始，我的眼里流出了泪水。我哭了，接着又笑了，母亲也是。

尾 声

第二十个春天来临，我从学校毕业，成了别人所说的大人。

公交车里传出慵懒的歌曲，每个人都在打瞌睡。沿着车窗经过了春天。春天，春天，我是春天啊，无数的花这么呼喊着。我经过那些花去看坤。没有什么目的，也无话可说，只是去见他，见那个每个人都说是怪物的，我那善良的朋友。

从这里开始完全是另一个故事了，全新的、未知的。

我也不知道那故事会变成什么样。就像我说的，其实故事是悲剧，还是喜剧，是你我，或其他任何人永远不会知道的。那样斩钉截铁、黑白分明地区分，原本就是不可能的事。生活是让我们尝遍各种滋味。

我决定去碰撞。与生活，还有我所能感觉到的一切碰撞。

作者的话

四年前的春天，我的孩子出生了。虽然有一些有趣的插曲，但既没难产，也不感动，只是觉得既陌生又神奇。但几天后，每当看到在床上蠕动的婴儿，眼泪就会不自觉地落下。到现在仍无法说明，那是用任何情绪都无法说明的泪水。

只是小孩实在太小了。即便只是从低矮的床上掉到地上，或是让他一个人待几小时，都好像无法保障他生命的安全。光靠自己的力量什么也做不了的小生命，就这样被带到这个世界，冲着天空挣扎着。我没有这是我的孩子的真实感，假如走失后重新找回来，我也没有信心能认出他来。我曾问自己：不管这孩子是什么面貌，是否都能自始至终地疼爱他，即使长大后变得完全不同于自己的期待？从这个问题出发，我创造了两个足以抛出"像我这样的人，能够说爱吗"这样问题的孩子，也就是允载和坤。

每天都有孩子出生，每个都充满可能性，应该受到祝福。其中有些人会成为与社会脱节的人，也有些人虽然含着金汤匙出生，内心却是扭曲的。尽管不常见，但也有时候会在已有的条件下成长为令人感动的样子。

不知道这个结论是不是很常见，但我认为人会成为正常人，或是成为怪物，都与爱有关。我想写一个这样的故事。

初稿是在小孩满四个月时的二〇一三年八月创作的，之后则在二〇一四年年底、二〇一六年年初的两个月间专心校稿。但在剩余的时间里，我的内心总是牵挂着两个少年的故事。所以从构思到完成，可以说花了三年多。

感谢以无尽的爱让我拥有健全心灵的父母与家人。曾经有段时间我觉得很羞愧，认为自己这么健全地长大没有当作家的资格。然而随着岁月流逝，想法也跟着改变了。从平淡的成长过程中我发现，我所得到的那些帮助和爱，还有无条件的支持是多么稀有且珍贵。那对一个人而言是多么强大的武器，又能带给他多少力量，让他能无惧地接触这个世界，这些都是我为人父母后才体会到的。

在这里也想感谢担任评审委员的老师们。因为由十一名青少年组成的青少年评审团，我内心的某个角落也觉得更踏实了。也感谢我的第一位读者H。H不断地阅读我那些未能面世的文字，还把它们看作像样的作品放到自己的书单中。如果不是H每次都给灰心丧气的我带来勇气，我一定无法一直挑战和碰撞下去。最后还要感谢创批青少年出版部的郑小英、金映萱编辑，她们两位对我来说就像是陌生世界里的第一个朋友，想对你们说抱歉给你们造成麻烦，也谨献上我微弱的感谢，很荣幸能跟两位合作。

　　我并不是那种会为社会问题勇敢站出来或有所行动的人，只是将我内心的某些故事化成文字表达出来而已。希望借由这部小说，能有更多的人伸出援手，帮助那些受伤的人和尚存希望的孩子。虽然这是我遥远的梦想，但仍如此盼望。孩子们虽然最渴望爱，但其实也是给予最多爱的存在；我想您也曾是如此。我也将我最爱的人，同时也是给我最多爱的人的名字写在最前头。

二〇一七年春天，孙元平

©民主与建设出版社，2025

图书在版编目（CIP）数据

杏仁 /（韩）孙元平著；谢雅玉译. -- 北京：民
主与建设出版社，2019.9（2025.8 重印）
ISBN 978-7-5139-2604-1

Ⅰ.①杏… Ⅱ.①孙…②谢… Ⅲ.①长篇小说-韩
国-现代 Ⅳ.①I312.645

中国版本图书馆 CIP 数据核字（2019）第 176625 号

著作权合同登记号：图字 01-2025-3053

아몬드
ALMOND
© 2017, 2023 by Sohn Won-Pyung
Illustration copyright © 0.1（0choo1.tumblr.com）
Original cover design by Yoon JungWoo
All rights reserved.
Originally published in Korea by Dazzling, Inc.
This Simplified Chinese edition is published
by China South Booky Culture Media Co., LTD, by arrangement with Dazzling, Inc.
through KL Management, Seoul Korea

上架建议：畅销·外国文学

杏仁
XINGREN

著　　者	〔韩〕孙元平	
译　　者	谢雅玉	
责任编辑	刘　芳	
监　　制	吴文娟	
策划编辑	姚珊珊　黄　琰	
特约编辑	张雪怡　刘艳君	
版权支持	王媛媛	
营销编辑	傅　丽	
封面设计	李　洁	
版式设计	利　锐	
出　　版	民主与建设出版社有限责任公司	
电　　话	（010）59419778　59417749	
社　　址	北京市朝阳区宏泰东街远洋万和南区伍号公馆 4 层	
邮　　编	100102	
印　　刷	北京天宇万达印刷有限公司	
经　　销	新华书店	
开　　本	875 mm × 1270 mm　1/32	
字　　数	107 千字	
印　　张	6.5	
版　　次	2019 年 9 月第 1 版	
印　　次	2025 年 8 月第 4 次印刷	
书　　号	ISBN 978-7-5139-2604-1	
定　　价	42.00 元	

注：如有印、装质量问题，请与出版社联系。